# 성공의 씨앗을 내 안에 심어라

파티픽으로 이뤄낸 100억 기부 신화

# 성공의 씨앗을 내 안에 심어라

김동구 지음

'**안 되면 되게 하라**'는 강한 집념으로 여러 사업을 성공시킨 김동구.
이제는 선한 영향력으로 **미래 세대에 희망의 씨앗**을 뿌리는 그가
젊은이들에게 전하는 **도전과 용기의 메시지!**

북랩

# 버드나무의 마음으로 사는 일

　연일 뉴스에서 어두운 소식이 이어진다. 진학, 취업, 결혼 등 인생의 여러 단계에서 만족할 만한 성과를 얻지 못한 청년들은 아예 도전하려는 마음을 접거나, 아무것도 하지 않는 편을 택한다고 한다. 고용 불안, 상대적 박탈감, 고립형 외톨이 등 동굴 속으로 들어간 이들이 빛을 볼 수 있을 리가 만무하다. 어쩌다 우리 사회가 이렇게 되었는지 안타까워 곰곰이 생각해보았다. 살기가 팍팍해 상대를 포용하려는 마음이 부족해지는 것에 그 원인이 있다는 생각이 들었다. 나의 존재가 흐르고 번지는 와중, 상대에게 내 마음의 공간을 내어줄 여유가 어디 있으랴.

　그렇다면 불완전한 인간을 완성시키는 것은 무엇일까? 바로 나눔과 사랑이다. 나눔의 씨앗을 내 안에 심는 것, 비뚤어진 잣대로 상대가 가진 것을 욕망하기보다 나보다 덜한 사람에게 나누어주기 위해 성공하려는 의지가 바탕이 되어야 한다. 인간은 버드

나무처럼 서로 기대어 산다.

돌아보면 나 역시 생명의 위협을 느꼈던 한국전쟁과 힘겨웠던 굶주림, 다양한 수출 경험에 이르기까지 도전과 실패를 반복해서 겪었다. 숱한 어려움에도 포기하지 않을 수 있었던 것은 나눔에 궁극적인 목표가 있었기 때문이다.

어려서부터 어머니는 내게 "이웃이 잘 살아야 너도 잘 살 수 있다"라는 말씀을 늘 해주셨다. 나의 성공의 목적은 오로지 나뿐만이 아닌 이웃, 고국 더 나아가 인간에 있었기에 큰 꿈을 품고 원대한 항해를 할 수 있었다. 동시에 내게 주어진 기회와 찾아온 부를 단 한 번도 당연하게 여긴 적이 없었다. 우리는 모두 빈손으로 왔다가 빈손으로 가는 것이기에 일정 기간 그 재화와 기회를 맡아 운영한다는 마음뿐이었다. 이렇게 겸허한 마음가짐과 나눔에 대한 기준을 내 안에 세웠기에 일희일비하지 않았다.

상대에게 마음의 공간을 내어주는 일은 생각보다 쉽지 않다. 성공과 성취를 위해 악착같이 하나의 목표에만 몰입할 경우 근시안적으로 삶을 바라볼 수밖에 없다. 그러나 사람을 귀하게 여기고, 나누기 위해 성공하려는 자는 확실한 동기부여를 받는다.

예로부터 나는 소나무보다는 버드나무를 좋아했다. 사시사철 곧은 소나무는 어쩐지 다가가기 참 힘든 인상을 준다. 그러나 버드나무는 가지가 유연해 물의 방향으로 잘 굽어질 뿐 아니라, 버들끼리도 엉키지 않고 항상 가지런히 늘어져 있다. 배고픈 백성들을 위한 간식, 세찬 물살 속 쉼터, 버들피리와 같은 친근한 장난감으로도 활용되는 버드나무를 마음의 중심으로 생각하고 삶을 일구어나갔다. 생명력, 상대를 위한 마음을 내포하고 있는 버드나무처럼, 살아있는 나눔을 실천하며 살고 싶다.

그래서 이 책을 쓰게 되었고, 지나온 삶을 톺아볼 수 있어 충분히 후련하며 행복했다. 평범했던 나라는 인간이 한 회사의 최고 경영자가 되기까지의 과정을 낱낱이 담았다. 거창한 자서전이라는 명목보다는 내가 살아온 삶이, 구절이 마치 세찬 물결을 겪고 있는 많은 이들에게 쉼이자 안식처가 되길 바라는 마음 간절하다. 부디 너그러운 버드나무의 마음이 되어 잔잔히 그 이야기를 들어주시기를 바란다.

2023년 10월

김동구

목차

## Chapter 4.　위기를 기회로 삼는, 사업가의 눈

## Chapter 5　기부자, 나눔의 씨앗을 심다

# Chapter 1

# 유년 시절의 결핍과 허기, 성장의 동력

# 참혹했던
# 전쟁의 기억

1942년 서울 효자동, 인왕산 끝자락 한옥집에서 한 아이가 태어났다. 나는 형제가 일곱으로 꽤 다복한 어린 시절을 보냈으며, 아버지께서 첫 번째 결혼하신 분은 일찍 세상을 떠나셨다. 그분 사이에 아들 둘과 누이 하나가 있었고, 아버지는 나의 어머니를 만나신 뒤 형과 누이, 나와 남동생 이렇게 네 명을 낳으셨다. 이복형제는 모두 돌아가셨고, 바로 위의 셋째 형은 북한에 계신다. 지금도 살아 계신지 알 수 없는 노릇이다. 6·25 때 인민군에게 끌려가서 북으로 가셨는데 김동인 님이라고 평양 김일성대학의 생물학과 교수를 역임했다. 6·25 때 나의 남동생 동한이 동인 형님을 마지막으로 뵌 게 마지막이 될 줄은 꿈에도 몰랐다.

실제 2003년에 진행된 제6차 남북 이산상봉에서 형은 들쭉술과 담배, 비단옷을 꺼내 들고 "10년 전 어머니 환갑 때 해드리려고 준비했던 것인데, 나 대신 어머니 묘소에 가서 보여드려라"라고 동한에게 전했다고 한다. 이 이야기를 들으니 그리움과 안타까움에 마음이 미어졌다.

6·25 전에는 서울에 집이 여러 채 있었다. 아버지께서는 변호사였는데 일제 치하, 일본 변호사 밑에서 일을 하셨다. 당시 명동에 시공관이라는 건물을 일본 사람이 아버지한테 주려 했는데 아버지께서 거절하셨던 기억이 있다. 아버지는 친일파가 되니 받으면 안 된다고 하셨다. 만약 받았으면 엄청난 부자가 되었을 수 있었을 테지만, 나는 하나도 아쉽지 않았다. 그걸 받으셨으면 아버지께서 친일파로 몰려서 평생 끌려다니셨을 뿐 아니라 나 스스로 떳떳지 못했을 것이다. 그렇게 어린 시절, 나는 재산을 축적하는 데 주된 목적이 있기보다는 성실하고 정직하게 사는 것에 중점을 둔 집안 분위기 속에서 자라났다.

내 인생은 6·25 전후로 모든 게 바뀌었다. 그전까지는 다른 어린이들이 그랬듯 산에서 동네 친구들과 놀러 다니며, 가족과 행복한 시간을 보내는 평범한 삶을 살았다. 금화 국민학교 1학년 재학 중일 때, 끔찍한 6·25 전쟁이 터졌다. 그때 우리 식구는 피란을 가지 않았다. 당시 나라에서는 국군이 잘 싸워서 이기고 있으니 집에 그냥 있으라고 한 걸 철석같이 믿었다. 당시에는 지주여서 이천에서 농사를 지어 분배받은 쌀이 넉넉한 편이었다. 첫 한두 달은 그동안 쌓아왔던 것으로 그럭저럭 살았지만 점점 먹을 것이 떨어졌다. 곡물이라곤 밀기울이 주식이었고 당시 천호동에 농부들이 심어놓았던 호박이나 대파를 뽑아다가 먹기 시작했다.

그걸 죽처럼 끓여 소금을 살짝 뿌린 뒤 먹을 수밖에는 없었다. 얼마나 대파에 질렸던지 이후 20년 동안은 대파를 먹지 못했다.

그 당시엔 온종일 먹을 것을 찾아다니는 게 일이었다. 아버지께서는 셋째 형과 내게 둘만이라도 피란을 떠나라고 하셨다. 어쨌든 전쟁을 피해야 했고 또 형이 북한군에 끌려갈 수 있다는 생각 때문이었다. 그 당시 내가 동행한 이유는 형 혼자서 가면 검문을 당해 끌려갈 수도 있다는 두려움 때문이었다. 평범한 형제처럼 보이기 위해, 일종의 보호자 역할을 자처해 형과 함께 길을 떠났다.

마포에 도착해 한강을 건너려는데 나룻배 하나를 얻어 탈 수 있었다. 그래서 도착한 곳이 여의도였다. 계속 남쪽으로 갔지만 결국 잘 곳도, 먹을 것도 구할 수 없어서 다시 터덜터덜 집으로 돌아왔다. 그 당시만 생각하면 아직도 가슴이 턱 막힌 듯 아려온다. 형님은 결국 9.28 수복 전에 북한군에게 끌려갔다. 이 삼일만 더 있었더라면 가슴 아픈 생이별을 하지 않았을 텐데, 그걸 넘기지 못했다.

이처럼 참혹했던 6·25의 피해는 두고두고 아직 내게 깊은 상처로 남아있다. 그럼에도 생사를 넘나들었던 역사의 상흔이 나를 절실하고 독하게 살게 했다. 빈곤과 허기를 해결하기 위해 동분서주했던 필사적인 마음, 가족과 떨어져야 했던 절망적인 상황이 인생의 어떠한 어려움에도 좌절하지 않는 인내심과 균형감을 키워준 것이다.

# 날아드는 총탄,
# 생명의 위협

무더운 여름이 지나가고 9월 초가을, 푸른 하늘은 높고 청명하기 그지없는 날씨가 이어졌지만 두 땅을 밟고 서 있던 우리는 평온할 수 없었다. 시가전의 한가운데 있었기 때문이었다. 우리가 있는 인왕산에는 눈에 보이지는 않지만 아직 인민군이 있었고 유엔군과 국군은 전찻길 건너 이화여대 뒷산에 있었다. 6·25가 처음 발발해 인민군이 서울에 들어올 때는 총소리 한 번 들은 적이 없었지만 이번에는 사정이 아주 달랐다. 눈에 보이지 않는 적이 오히려 더 무섭다고 하지 않는가. 양쪽에서 쏘아대는 총성이 요란했고 그야말로 총알이 빗발치듯 양방향으로 날아들었다. 아마도 인민군이 서울을 사수하려는 마지막 총격전이었으리라 생각된다.

마루에 앉아있던 내 바로 옆으로 총알이 지나가 마루에 꽂혔다. 아마도 그 총알이 조금만 방향이 달랐어도 지금의 나는 없었

성공의 씨앗을 내 안에 심어라

을 테다. 실제로 고모님께서는 집에서 총에 맞아 돌아가셨다. 방향으로 봐서는 아군의 총알이었던 것 같다. 이런 공포스러운 일이 삼 일간 이어지더니 이내 총성이 멎었다. 그러나 길거리에는 사람이나 군인이 여전히 보이지 않았다.

집안 식구 모두 밀기울 몇 줌을 갖고 풀을 쑤어먹으며 며칠을 버텼는데 이제 그나마도 다 떨어지는 비상상황이 왔다. 위험하긴 하지만 밖에 나가 식량을 구해야 할 시기였다. 하지만 막상 서울 바닥 어디서 식량을 구할지 암담한 마음이 들었다. 오로지 한 가지 희망은 아군이 있는 쪽으로 가면 무언가 해결책이 있으리라는 막연한 생각뿐이었다.

온 집안 식구가 위험을 무릅쓰고 아군을 찾아 아현동으로 뛰어갔다. 그곳을 가기 위해 지나쳐야 했던 곳은 적군들이 많이 있는 곳이었지만, 급한 마음에 신발도 못 신고 맨발로 도망감을 택했다. 길거리에는 격렬했던 시가전의 흔적인 듯, 깨진 유리 파편들이 이리저리 널려 있었다. 혹시나 총알을 맞을까 봐 두려운 마음이 들었지만 그 위를 달렸다. 전찻길을 건너서 아군이 있을 법한 곳까지 와서야 숨을 내쉴 수 있었다. 그 순간 어디선가 빵을 굽는 건지 떡을 굽는 건지 아주 향긋한 냄새가 연기를 타고 코를 자극하기 시작했다. 배에서는 이미 지진이 나는 중이었다. 우리는 어른, 아이 할 것 없이 모두 냄새가 나는 곳으로 급히 달려갔고, 그곳에는 이미 몰린 사람들이 무언가를 긁어서 치마폭이나 보자기에 담느라 정신이 없었다. 알고 보니 그것은 하얀 쌀이 불에 타고 남은 것이었다. 아직 타고 있는 것도 있었다.

지난 3개월 동안 쌀 구경 한 번 해본 적이 없었는데 갑자기 마주한 생경한 풍경에 입이 떡 벌어지고 말았다. 나중에 알고 보니 인민군들의 군량미였는데 미군이 어떻게 알고 폭격해 불이 난 것이었다. 우리 가족은 체면치레할 것도 없이 굶주린 배를 달래는 것이 먼저였다. 쌀을 가져갈 수 있을 만큼 싸 들었다. 이런 곳이 있는 줄 알았다면 빈 자루라도 갖고 왔을 텐데 급히 도망 오느라 빈손으로 왔으니 겉옷을 벗어 들 수 있을 만큼 챙길 뿐이었다. 식구마다 타다 남은 쌀을 들고 어디론가 가야 했다.

동시에 쌀이 있다는 소식을 듣고 온 많은 사람에게서 정보도 많이 들을 수 있었다. 인민군이 패전해 모두 퇴각했으니 집으로 가도 안전하다는 것이었다. 이렇게 해서 우린 다시 집으로 돌아갔다. 타다 남은 쌀임에도 아주 오랜만에 흰 쌀밥을 해먹을 수 있었다. 정말 몇 달 만에 먹어보는 밥이라니. 반찬도 필요 없었다. 밥알은 씹을수록 달았고, 어느새 입에는 침이 가득 고여 있었다. 세상에 이렇게 맛있는 밥이 또 있을까 감탄만 할 뿐이었다. 처절한 가운데서도 희망은 우리를 향한 손을 내밀어주었다.

이날 이후 몇 달 동안은 라디오에서 승전보만 계속 이어졌다. 아군과 유엔군이 평양을 거쳐 신의주까지 진격했다는 소식이 들렸다. 분단 이후 최초의 통일이라는 생각이 들었다. 하지만 곧 다시 비보가 들려오기 시작했다. 나로서는 아직 어려서 라디오에서 들리는 뉴스가 정확히 무엇인지를 몰랐지만 좋지 않은 소식이라는 느낌은 분명 있었다. 나중에 알고 보니 당시 중공군이 대거 전쟁에 참여해서 유엔군이 후퇴를 계속한다는 내용이었다. 그리고 얼마 지나지 않아 중공군이 서울 가까이까지 왔다는 걸 들었다.

전쟁 초기, 방송에서는 국군이 잘 방어하고 있으니 걱정 말고 집에 있으라는 당부를 했던 것이 기억났다. 멀지 않은 시점에 인민군이 서울에 입성했고 3개월간 너무 고생한 기억이 있어 이번에는 누구 말을 들을 것도 없이 일찌감치 남쪽으로 피란을 가기로 결정했다.

피란을 가기 전 우리 집의 모습이 더욱 아름답게 느껴져 가슴이 아팠다. 인왕산 중턱에 위치한 한옥집. 지난 밤 눈이 많이 내려 이른 아침 해가 뜨기 전이었기에 아무도 밟지 않은 눈이 길에 예쁜 모습으로 덮여 있었다. 어른들이 깨우는 바람에 일어나서 솜바지 저고리에 벙거지를 쓰고 벙어리장갑까지 꼈다. 날이 밝자마자 눈사람이라도 만드는 줄 알았는데 바로 피란을 가야 하다니, 정든 고향집을 두고 갈 생각에 슬픈 마음이 앞섰다. 어머니는 어디서 조그만 리어카를 구해오셨는지 아래 큰길에 세워놓고 언덕을 오르내리며 벌써 짐을 다 실어놓으셨다. 그때만 해도 집안 살림이 꽤 넉넉했기 때문에 비단옷, 재봉틀 등 당시 귀했던 물건들이 잔뜩 실려 있던 기억이 난다. 그래서 나를 포함한 아버지와 어머니 등 일곱 명의 식구들은 피란을 떠났다.

눈 쌓인 길을 반나절쯤 오니 마포에 도착했다. 지금이라면 차를 타고 십 분이면 갈 수 있는 거리였지만 당시 무거운 리어카를 끌고 걷다보니 반나절이 걸린 것이다. 이제 한강을 건너야 하는데 다리가 보이지 않았다. 하나밖에 없는 다리는 전쟁 때 끊어진 상태였다. 고무다리라고 부르는 군사용 가교가 있었지만 이 다리는 군인들이 오가는 외다리라 쓸 수 없었다. 다행히 당시 한강은 완전히 결빙 상태라 걸어서 건널 수 있었다. 얼음 위를 건너가기 시작했을 때 어디서 모였는지 우리 같은 피란민이 구름같이 모여들었다. 어린 마음에도 그들을 보며 왠지 모를 동질감과 허망함, 슬픈 생각이 들었다. 그들도 6·25 때 피란을 가지 않아 우리같이 고생을 많이 한 사람들이라는 생각에까지 미친 것이다. 그런데 피란민들은 모두 한 줄로 강을 건너는 것이었다. 어린 마음에 얼음 위를 아무 곳이나 밟고 가면 모두 빨리 건널 수 있을 텐데 왜 한 줄로 서서 건널까, 어른들이 참 바보스럽다는 마음이 들었다. 지나고 나니 얼음이 얼긴 했지만 얼음의 두께가 물의 깊이에 따라 다르기 때문에 지뢰밭을 지나는 것처럼 다른 사람들이 이미 밟은 곳만 밟는다는 것을 알게 되었다.

말 그대로 살얼음판을 걷듯 당시 우리는 한강을 건너야 했다. 내 생에서 네 번째 건넌 한강이었다. 아버지의 친구 집이 있는 흑석동에 도착하니 벌써 해는 지고 칠흑 같은 밤이었다. 조그만 방 하나를 얻어 온 식구가 옹기종기 앉으니 눕는 것은 고사하고 움직일 자리도 없이 빠듯했다. 그래도 바람은 안 들어오는 것이 다행이었다. 따뜻한 방바닥의 온기에 의지해 모두 까무룩 잠이 들었다.

　오로지 살기 위해 필사적으로 애썼던 당시의 기억은 아직도 내게 생생하게 남아있다. 한국 역사상 전쟁의 위협이라는 가장 어려운 시기에 태어나 자랐던 것은 훗날 내가 여러 사업을 하는 데 큰 밑거름이 되어주었다. 하늘이 정한 순리를 거스르지 않고, 고난까지 끌어안는 힘. 더욱이 불굴의 정신과 의지만 있다면 뭐든 극복할 수 있다는 자신감을 얻을 수 있었다. 좁은 방 한 칸, 생명의 위협에도 살기 위해 뭉쳤던 가족의 힘 역시 느낄 수 있었다. 이때의 경험은 어린 나를 더욱 성장시켰고, 단단하게 만들었다.

## 신이 주신 두 번째 삶과
## 깊은 깨달음

아침 일찍 일어나 다시 피란을 떠났다. 그날은 좀 빨리 움직여야겠다는 생각으로 발걸음을 재촉했음에도 어디를 가나 피란민으로 꽉 들어차서 움직일 수 없었다. 관악산 부근 어디쯤인가 지금까지 본 적이 없는, 집채만큼 크게 적재된 박격포탄 무더기가 여기저기 널려 있었다. 궁금해서 어른들한테 물어보니 미군이 후퇴하면서 미처 옮기지 못한 것이라고 하셨다. 그 포탄을 보고 어린 마음에 '저 많은 포탄을 중공군이 다 얻겠구나'라는 걱정을 하기도 했다. 이게 어리석은 생각이었다는 걸 훗날 알게 되었다.

포탄은 포가 있어야 사용할 수 있으니 포만 갖고 가면 되지 무거운 포탄을 갖고 갈 필요가 없었던 것이었다. 그때 처음으로 미국이 물자가 많은 나라인 걸 알게 되었다. 포탄 만 개보다 군인 몇 명의 목숨을 더 중요하게 생각하는 나라임을 깨달은 것이다. 더불어 한국이 그만큼 부강해진다면 더할 나위 없이 좋을 것 같

성공의 씨앗을 내 안에 심어라

다는 생각이 들었다. 가난한 조국을 부강하게 만들어 더는 국민이 생명의 위험을 느끼지 않고 살도록 하고 싶었다. 이 위험한 시기 속, 내가 죽지 않고 산다면 꼭 한국을 부자나라가 되도록 해야겠다고 마음먹었다. 그러면 만일 피란을 갈 상황이 있을 때도 차를 타고 갈 수 있을 것이라는 생각이 들었다.

이러한 마음이 나를 살게 했고, 매일 걷게 했다. 당시엔 특별한 목적지도 없었다. 그저 남쪽으로, 남쪽으로 계속 걸어갈 뿐이었다. 여느 날처럼 걷다가 날이 저물기 시작했다. 잘 수 있는 곳을 찾아야 했다. 지금처럼 여관이 있는 것도 아니었고 집이 많은 때도 아니어서 서둘러야 했다. 여기저기 빈 집을 찾아 헤매다가 조그만 초가집을 찾았다. 아무도 없는 집이었지만 어찌나 집이 작았던지 우리 식구가 다 들어갈 수가 없었다. 나는 옷을 입은 채 문도 없는 부엌에 들어가 구석에 모아둔 볏단 위에서 잠을 자야 했다. 그러다 몇 시쯤 됐는지 알 수 없는, 어스름한 새벽녘에 잠을 깼다. 밖은 칠흑같이 어두웠다. 목이 무척 말랐다. 잠결에 여기저기 물을 찾아보았다. 하지만 부엌이었음에도 물은 고사하고 그릇 한 개조차 볼 수 없었다. 그러다 구석에서 물이 담긴 큰 자배기를 찾았다. 얼마나 갈증이 났는지 자배기 안에 머리를 박고 벌컥벌컥 마셨다. 배도 부르고 편한 생각이 들어 곧 다시 잠이 들었다.

다음날 날이 밝고서 내가 물을 마셨던 자배기를 봤다. 거기에 있는 물은 걸레를 빨았는지 설거지한 건지 모를 정도의 매우 혼

탁한 구정물이었다. 갑자기 내가 어떻게 이렇게 더러운 물을 마셨는지 구토가 나올 정도로 속이 거북했다. 그런데 신기한 건 새벽녘, 그렇게 더러운 물을 마셨음에도 배가 아프거나 설사를 하지 않았다는 사실이었다. 당시 나는 어린 나이였음에도 사람은 마음먹기 나름대로 살아진다는 것을 배웠다. 아무리 열악한 상황일지라도 인간은 적응의 동물이기에 환경에 맞춰 살아진다는 것을 말이다.

그때 우리 가족이 하룻밤 묵은 빈 초가집은 안양역 근처에 있었다. 날이 밝았으니 또 남쪽으로 피란을 가야 할 터였다. 그런데 부모님께서는 이렇게 가다가는 피란은 고사하고 매일 주변만 맴돌고 있을 수 있다며, 어떻게 하면 남쪽으로 빨리 갈지 방법을 찾는 데 고심을 하셨다. 그러던 중 안양역의 화물 기차가 내일 떠난다는 소문을 들었다. 부모님은 역에 가서 기차 탈 방법을 찾을 생각으로 식구들을 데리고 안양역으로 갔다. 화물차에는 군수물자가 실려 모두 굳게 닫혀 있었다.

화물차 지붕 역시 피란민들이 이미 자리를 다 차지하고 있어 우리 7명의 식구가 올라갈 수 있는 장소를 도저히 찾을 수 없었다. 이리저리 왔다 갔다 기회만 보던 중 이미 날이 저물기 시작했다. 이 열차 저 열차 빈자리를 찾아 따로 올라타면 모를까 도저히 함께 탈 방법이 없을 것 같은 상황에 다음날 열차가 또 온다는 소리를 전해 들었다. 내일 열차에 도전하기로 하고 다시 그 초가집으로 돌아가서 밤을 보내기로 했다.

새벽에 날이 밝자마자 요란한 비행기 소리와 함께 폭발 소리가 잇따라 들렸다. 폭격이었다. 난생처음 귀가 먹먹할 정도로 큰 폭발 소리에 몸이 절로 움츠러들었다. 폭격이 끝나자 세상이 다시 조용해졌다. 혹시나 하고 안양역으로 가보았다. 어제 떠난다던 열차는 모두 산산조각이 나고 그 위에 타고 있던 피란민들은 다 죽고 말았다. 남겨진 것이라고는 열차 바퀴만 여기저기 흩어져 있을 뿐이었다.

등골에 소름이 끼쳤다. 만약 어제 우리가 열차 위 어딘가에 자리가 있었다면 분명히 올라갔을 것이고 열차가 떠나기만 기다리다 온 식구가 모두 죽었을 것이라는 생각이 들었다. 하나님이 아직은 너희가 죽을 날이 되지 않았다며 우릴 구제해 주신 것 같았다. 이때의 사건 이후 신이 다시 주신 삶에 대한 감사함과 함께 매사에 겸허해지는 마음가짐을 배울 수 있었다.

이 참혹한 현장을 보고 나니 열차를 타고 쉽게 갈 생각이 싹 사라졌다. 굼벵이 구르는 속도일지라도 불평 없이 걸어서 가는 편을 택한 것이다. 그렇게 또 우리는 남쪽으로 피란길을 떠났다. 얼마를 더 갔을까 서서히 날이 저물기 시작했고 잘 곳을 찾아야 했다. 어머니께서 여기저기 분주히 다니시다가 어느 큰 농가를 찾았다. 위치상 부곡쯤이었던 그 집은 꽤 부자였던 것 같다. 집에는 식구들 없이 할머니 한 분만 지키고 계셨는데 아들과 며느리는 전쟁 중에 죽었고 손자 하나가 있는데 중공군이 온다고 해서 빨리 남쪽으로 대피시켰다는 것이었다. 참 감사하게도 할머니는 추수도 잘해서 다행히 집에 먹을 것도 있고 방도 많으니 다음 갈 곳을 정할 때까지 머물라고 하셨다. 세상에 전쟁 통인데 이런 인심이 있을까. 생전 보지도, 알지도 못한 피란민을 무슨 잃어버렸던 아들을 찾은 듯 반갑게 맞아 후한 대우를 해주시니 우리 가족은 감격할 수밖에 없었다.

요즘도 이런 사람이 있을까 생각해보지만 분명 흔한 일은 아닐 것이라 생각한다. 남을 위해 자신이 가진 것을 기꺼이 내어주려는 너른 마음은 내게 깊은 인상이 되어 남았다. 더욱이 하늘이 우리를 계속 돕지 않고서는 이런 일이 도저히 생기지 않았을 것 같았다. 이 경험 이후 나는 남에게 관용을 베푸는 마음의 중요성을 깊이 실감했다. 사업을 하면서도 내게 머무는 재화를 빈자를 위해, 기회가 없는 자들에게 나누어 주어야겠다는 사명감을 지닌 채 살아간다. 턱 끝까지 차올랐던 목숨의 위협에도 인간이 베푼 정을 통해 나와 우리 가족은 다시 나아갈 힘을 얻을 수 있었으니 말이다.

어느 정도 시간이 흘렀을까. 매일 이렇게 남의 집에 있을 수는 없다고 생각했다. 이곳이 서울에서 얼마 안 되는 곳이라 더 남쪽으로 내려가야 한다는 생각이 들었음에도 며칠의 시간이 더 흘렀다. 사람이 참 간사하게도 당시 편하게 먹을 곳 잘 곳이 있으니 서두를 필요가 없어서 시간이 걸렸으리라 생각된다. 그러던 중 밤이 됐는데 갑자기 대문이 부서지는 소리가 났다. 모두 뛰어나가 보니 생전 들어보지도 못하던 중국말을 쓰는 군인들이 들이닥

친 것이었다. 그들은 집안을 모두 뒤지더니 안방을 차지했다. 주인 할머니와 우리 가족은 모두 건넌방과 사랑방으로 쫓겨났다. 그들은 칼로 여기저기를 찌르며 식량을 찾고 있었다. 그러던 중 중공군 가운데 장교로 보이는 사람이 애들이 보이니까 그걸 중지시켰다. 그러고는 병사들을 다 내보내더니 아버지에게 일본말을 할 줄 아느냐는 질문을 했다. 당시 그 중공군은 일본군 교육을 받았던 것도 같다.

당시엔 일본어를 쓰는 사람들의 수가 많았을 뿐 아니라, 특히 아버지는 일제 치하의 변호사였기에 꽤 유창하게 일본말을 할 수 있었다. 그 중공군 장교가 안방에서 아버지와 이야기를 하기 시작했다. 그가 아버지께 한 말은 피란을 가봐도 소용없다는 내용이었다. 내용인즉슨 당신이 아이들하고 아무리 빨리 걸어가도 하루에 20~30리밖에 못 가지만, 우리는 전쟁을 하며 가도 하루에 50~60리를 가니 가도 가도 중공군일 텐데 굳이 남쪽으로 피란 갈 이유가 있느냐는 거였다. 듣고 보니 서울 집에서 이곳 안양까지 올 때를 생각해봤을 때 이 역시 맞는 말이었다. 더구나 그는 중공군이 이미 수원을 넘어서 평택을 지나고 있으니 더 생각할 필요도 없다는 말까지 했다. 게다가 집주인인 할머니도 혼자 있기 힘드니 함께 있자고 계속 떠나려는 우리 가족을 붙잡았다.

이래저래 마음이 약해져서 머물고 있던 사이 시간은 훌쩍 흘렀다. 그렇지만 무작정 앉아있을 수만은 없었다. 더구나 중공군과 한 지붕 아래 있으니 불편하기 짝이 없었기 때문이다. 우리는 그렇다 치고 그 집에 머물던 중공군도 이상했다. 남이든 북이든 움직여야 했는데 그냥 있었으니 지금 생각해보면 미군이 반격을 해오는 시기였던 것 같다. 그러던 중 부모님과 함께 논두렁을 걸었다. 아버지와 어머니는 중공군의 제안을 어기고, 남쪽으로 갔을 때 당할 해코지를 걱정하며 논의 중이셨다. 갑자기 어머니가 쇳조각으로 보이는 것을 밟으셨다.

이 쇳조각은 이상하게도 밟자마자 쑥 내려갔다. 왜 이런 쇳조각이 여기 있지 하는 생각에 허리를 굽혀 잡으려고 보니 그건 쇳조각이 아니라 대검이었다. 총구 앞에 대검을 꽂은 중공군이 땅속에 숨어 있었던 것이다. 당시 중공군은 막사가 있는 것도 아니고 텐트를 갖고 다니지도 않았다. 안은 녹색에 밖은 흰색으로 된 두툼한 방한복을 입고 어깨에는 메고 있는 쌀자루와 탄띠가 장비의 전부일 뿐이었다. 그래서 논두렁 사이에 짚을 깔고 누워서 그 위를 나뭇가지로 덮은 뒤 다시 짚을 덮고 하룻밤을 보내곤 했는데, 거기에 눈까지 내려 맨땅처럼 보였던 것이다. 만일 어머니가 총 끝을 밟았을 때 병사가 놀라서 또는 실수로 방아쇠를 당겼다면 우리 가족 모두 끔찍한 일을 당했을 것이다. 지금 생각하면 참으로 아찔한 일이다.

이렇게 해서 며칠을 또 보냈다. 위협은 거기서 그치지 않았다. 우리가 묵고 있던 할머니 집에는 토끼가 두 마리 있었는데, 어린 마음에 토끼가 귀여워서 배춧잎을 갖다 주고 먹는 걸 보곤 했다. 그날도 배춧잎을 넣어주고 있었는데 갑자기 따따따따 소리가 들리더니 토끼장이 박살나면서 토끼들이 형체를 알아볼 수 없게 죽어버렸다. 미군 전투기가 하늘에서 기관총을 쐈는데 그 가운데 일부가 토끼장을 박살 낸 것이었다. 만일 5cm만 옆에 서 있었어도 나는 그 자리에서 죽었을 것이다. 여기서 또 한 번 하나님의 뜻으로 상처 없이 살았구나 생각했다.

그 이후에는 중공군을 볼 수 없었다. 집에 머물던 중공군 장교도 언제 갔는지 보이질 않았다. 그리고 며칠이 더 지나서 미군 정찰기가 지붕 위를 몇 바퀴 돌고 갔다. 다음날 미군이 찾아왔다. 영어를 할 줄 아는 사람이 아무도 없었지만 어쩐지 중공군이 이곳에 있는지를 우리에게 묻는 것 같았다. '예스'와 '노우'밖에는 알아듣지 못했지만 눈치로 빠르게 파악해낼 수 있었다.

이렇게 해서 또 2~3주가 지나갔다. 서울을 수복했다는 소문이 들렸다. 우린 마침내 서울을 향해 떠나기로 결정했다. 집을 내주었던 할머니는 당신의 손자가 올 때까지 있어 달라고 하셨지만 식구가 한두 명도 아니었고 너무 신세를 졌으니 더 이상 머물 수는 없는 노릇이었다. 떠나는 날 우리는 피란 올 때 갖고 왔던 비단옷 가운데 제일 좋은 옷 몇 벌과 당시에는 보물 취급하던 재봉틀을 할머니에게 드리고 서울로 향했다.

서울을 떠나 부곡으로 올 때는 여러 날이 걸렸는데 똑같은 길이었음에도 돌아올 때는 하루밖에 걸리지 않았다. 아마도 집으로 돌아간다는 희망 때문에 우리의 걸음이 빠르지 않았나 생각한다. 또 다른 피란민들이 없어 줄지어 기다리며 가지 않아도 되었던 것 같다. 이처럼 전쟁 시 일련의 사건을 겪으며 나는 세상의 일이라는 게 마음먹기에 따라 달라진다는 걸 깨달았다. 또 몸으로 경험을 하게 되니 배우는 데는 나이도 필요 없다는 생각이 들었다. 어린 시절 잊지 못할 정도로 앓았던 시대의 열병이 내 삶에 두고두고 지대한 영향을 끼쳤다.

# 송아로 배를 채우던,
# 유년의 뜰

전쟁을 겪은 뒤, 지극히 평범한 일상이 얼마나 소중한지를 깨닫게 된다. 익숙한 것에서 벗어나야 그 소중함을 자각할 수 있게 되니 말이다. 서울에 와서 또 몇 달은 안정적으로 살 수 있었고, 학교도 다닐 수 있었다. 어린 마음에 난 이 안정이 계속되기만을 바랐던 것 같다.

그런데 중공군이 또 서울 근처까지 왔다는 소문이 들리기 시작했다. 두려웠다. 적군과 아군이 서울을 점령했다 다시 내주고 찾는 과정을 몇 번이나 겪었던 탓에 우리 식구는 전황을 파악하고 피란을 다니는 데 익숙한 상태였다. 그래서 일찌감치 또 피란을 가기로 결정했다. 중공군이 서울에 왔을 때 피란을 간다면 피란민들이 몰려 얼마 못 갈 것이 분명했기 때문이었다. 이번에는 1.4 후퇴 때와는 달라서 날씨가 더울 때이니 피란길도 그리 어렵지 않았고 무엇을 준비해야 할지 이력이 생겨서 훨씬 수월했다.

다만 애써 일구어온 평온이 깨진다는 것에 대한 슬픔과 불안만이 나를 잠식할 뿐이었다.

문제는 목적지였다. 시골에 일가친척이 하나도 없는 서울 사람이 특별히 갈 수 있는 목적지는 없었기 때문이었다. 이리저리 알아봤더니 외가 쪽 친척이 당진에 사는데 거기는 1.4 후퇴 때에도 중공군이 오질 않았다는 이야기를 들었다. 그리로 가기로 결정한 뒤 짐을 싸는 마음이 비장했다. 다른 식구들에게는 두 번째 피란길이었지만 나로서는 세 번째 피란길이었다.

또 며칠을 걸었다. 그렇게 해서 도착한 곳이 충남의 합덕이라는 작은 농촌마을이었다. 원래 가기로 했던 당진까지는 여기서도 꽤 먼 곳이었다. 밤이 되면서 또 머물 곳이 필요해 수소문하던 중 마을 이장 집에 사랑채가 있으니 거기서 묵어도 된다는 말을 들었다. 뒤돌아보니 이때 한국의 농촌 인심은 성인들의 마음이었던 것 같다. 돈을 달라고도 않고 그저 자기 집에 방이 있으니 필요한 만큼 있으라는 데다 먹을 양식도 빌려주며 적극적으로 나눔을 행했다. 그 따뜻한 마음씨에 감동을 한 우리 가족은 당진으로 가지 않고 거기서 겨울을 나기로 결정했다.

기대도 안 했던 머물 곳이 생겼지만 먹는 게 문제였다. 무시무시한 보릿고개가 우리에게 닥쳐왔다. 가을에 추수한 쌀은 다 떨어지고 아직 보리나 밀을 수확하려면 한두 달 더 있어야 할 시기를 맞닥뜨렸다. 마을에 먹을 양식은 점차 떨어져 갔다. 아침이면 아주머니들은 바구니를 들고 분주히 나물을 캐러 갔다. 남아있

　　　　　　　　　　　성공의 씨앗을 내 안에 심어라

는 쌀을 조금이라도 늘려 먹기 위해 먹을거리가 필요했기 때문이었다. 나물을 캐는 시간도 잠시, 날씨가 점점 더워지게 되면 더이상 나물을 먹기 어려운 시점에 다다랐다.

이때가 되면 소나무들이 꽃을 피우는데, 이 꽃을 '송아'라고 불렀다. 샛노란 송아는 보기에도 예쁘지만 실제로도 부드럽고 먹기에 거북하지 않다. 그런데 배가 고파 마구 송아를 먹었더니 큰 문제가 생기고 말았다. 송진에는 타닌과 수지 성분이 많이 함유되어 있어 아주 심한 변비와 같은 위장장애를 유발할 수 있다. 욕심을 내어 송아로 배를 채웠더니 몇 차례 또 어려움을 겪기도 했다. 그런데 이 송아마저 날씨가 좀 더 더워지면 솔잎으로 변하기 때문에 오랫동안 먹을 수도 없었다. 당시 우리는 먹고사는 문제를 늘 고민해야 했다.

어느덧 시간이 지나, 일 년 가운데 가장 바쁜 때로 접어들었다. 남녀를 막론하고 어른들은 모두 벼를 심기 위한 못자리를 만드느라 눈코 뜰 새가 없었다. 이때는 아직 보리를 추수할 시기가 되지 않아 이제 먹을 건 덜 익은 보리, 청보리밖에 없었다. 청보리를 쪄서 절구질해 껍질을 벗기면 쌀밥과 다를 바 없는 좋은 식량이 되었다. 좀 어려운 점은 덜 익은 보리를 말리지 않으니 껍질을 다 벗기지 못해 대단히 단단해 밥을 할 때 뜸을 오래 들여야 하는 데 있었다. 아무렴. 입에 풀칠할 수 있다는 것만으로도 그 당시 큰 행복이었다.

그때의 나는 열 살 즈음이었고, 합덕에 도착하여 봄 학기가 시작될 때 바로 입학했다. 학교는 약 4km 거리에 떨어져 있었는데, 학교에서 집에 돌아와도 내가 전 식구들보다 항상 일찍 들어오게 되었다. 하교 후 상당 시간 동안 혼자 있었고, 저녁이 되면 어른들이 들에서 돌아오기 전에 큼직한 솥에 이 청보리를 넣고 뒷동산에 올라가 떨어진 솔잎을 갈퀴로 긁어다 밥을 지어놓곤 했다. 지금 와서 생각해보자면 어려서부터 효율적인 일과 그렇지 않은 일에 대한 구분이 명확했고, 생산성에 대한 기준이 있었던 것도 같다.

누가 시킨 것은 아니었지만 어른들이 온종일 들에서 일을 하고 돌아오면 배가 고플 게 뻔했고 이 청보리 밥을 하자면 시간이 꽤 걸리니 반찬은 못하더라도 시간이 오래 걸리는 밥을 해 놓으면 좋을 것 같았기 때문이었다. 시켜서 하는 일이 아니었지만, 당시 내 생각으로는 참 쓸모 있는 일을 하고 있다는 생각이 들었다. 일에서 돌아온 어른들이 그런 나를 보고 대견하게 생각하고 좋아하는 모습 역시 또 하나의 기쁨이었다. 항상 공짜로 얻어먹는 밥값을 내 나름대로 했으니 뿌듯함과 함께 나름대로 즐겁기도 했다.

먹고 사는 일을 해결하기 위해 각자가 자신의 일터에서 분주히 노력할 때 어린 내가 그들에게 도움이 될 수 있다는 게 좋았다. 그 어린 나이였음에도 나는 깨달음을 얻었다.

'아무리 작은 일이라도 누군가에게 도움이 되며, 그들이 즐거워하는 일을 했을 때 실제로 내가 한 일의 열 배, 백 배 이상의 기쁨이 따른다는 것'을 말이다. 오로지 나만 위하는 일보다는, 남을

성공의 씨앗을 내 안에 심어라

위하는 마음이 중요한 까닭이다. 요즘 우리 사회 곳곳에서는 쉽게 분개하고 편을 가르며 자신의 것을 내어주려 하지 않는 모습을 볼 수 있다. 나누면 나눌수록 커지는 것이 마음이라 남을 위한 배려와 나눔의 마음으로 자신의 삶을 정비하다 보면 더 큰 기쁨이 차오르는 걸 느낄 수 있을 것이다. 더욱이 장기적으로 건강한 삶을 운용하는 방법이 될 수 있다.

# 눈물의 장아찌 도시락,
## 그리고 나의 선생님

당시 학교에서 피란민 학생은 나밖에 없었다. 그러나 나는 서울에서 온 데다 항상 새로 빨아서 깨끗하게 손질한 옷을 입고 다녔다. 게다가 형과 누나 덕분에 한글은 물론이고 구구단까지 줄줄 외웠으니 2학년보다 성적이 훨씬 우수했다. 자연스레 선생님들의 예쁨을 받을 수 있었고, 운이 좋게도 모두가 나를 학생의 모범으로 치켜 세워주었던 것도 같다. 하루는 조회 때 교장 선생님께서 모든 학생에게 나를 닮으라며 훈계를 하셨던 기억이 난다. 무척 부끄럽고 다른 학생에게 미안한 마음도 들었지만, 아무튼 이렇게 해서 상 하급생 사이에서 졸지에 유명인사가 되었다.

아무리 유명해져도 피란민은 피란민인지라 사는 것이 어려울 수밖에 없었다. 그래서 남들이 다 챙겨오는 도시락을 나는 싸갈 수가 없었다. 그래서 점심시간에는 슬그머니 교실 밖으로 나가 운동장에 있는 나무 그늘에서 한참을 서성였다. 그 뒤 점심시간

성공의 씨앗을 내 안에 심어라

이 끝날 무렵 교실로 돌아가곤 하였는데, 이 사실을 아무도 모르는 줄로만 알았다. 하지만 어느 날 선생님께서 눈치를 채시고 내가 있는 나무 그늘에 오셔서 "왜 점심을 안 먹고 여기서 서성거리고 있니"라고 물으시는 것이었다. 나는 이실직고해 도시락을 안싸 왔다고 대답했다.

이에 선생님은 바로 책상에 도시락이 있던데 교실에 가보라는 말씀을 해주셨다. 믿기진 않았지만, 교실에 가보니 실제로 도시락이 내 책상 위에 놓여 있는 것이었다. 배고픈 심정에 누가 언제 내 책상 위에 도시락을 갖다 놓았는지는 관심도 없이 그저 맛있게 먹어 치웠다.

그런데 그 이후로도 학교에 가는 모든 날에 같은 도시락이 책상 위에 올려져 있곤 했다. 어리석게도 나는 누가 갖다 두었는지, 어떻게 이런 일이 생기고 있는지는 생각지 않고 계속 먹어대기만 했다. 당시 내가 순진했는지 어리석었는지 아니면 누군지 찾아내면 더 이상 가져다주지 않을까 걱정이 된 것인지 모르겠지만 말이다. 도시락이라고 해봤자 거의 꽁보리밥에 장아찌 몇 조각이었음에도 당시 그렇게 눈물 나게 고맙고 맛있을 수가 없었다. 무엇보다 점심시간에 더는 밖으로 나가지 않아도 되고, 남들과 같이 먹을 수 있다는 사실이 행복했다. 헛헛했던 몸과 마음을 채울 수 있었다.

어느 날 사건이 생겼다. 도시락을 맛있게 먹고 교실 창밖을 내려다보니 내가 항상 이 시간이면 배회하던 나무 밑을 선생님께서 배회하고 계시지 않는가. 갑자기 가슴이 두근거리기 시작했다. '아, 혹시 이 도시락을 선생님께서 주신 것은 아닐까' 하는 생각에 까지 미쳤다. 하지만 용기가 없어 직접 여쭙지는 못하였다. 이후 선생님 얼굴만 마주치면 얼굴이 달아오르곤 했다.

학기 말이 되면 그때나 지금이나 시험을 보는데, 어느 날 학교 수업이 끝난 뒤 선생님께서 바빠서 그러니 저녁에 선생님 집에 와서 좀 도와줄 수 있겠냐고 물으셨다. 나는 생각할 겨를도 없이 그렇게 하겠다고 한 뒤 선생님 댁으로 갔다. 막상 가기는 했지만 내 나이에 선생님을 도와드릴 일이 무엇이 있을지 궁금하기도 했고 걱정이 되기도 했다.

그런데 선생님께선 우리 반 아이들이 본 시험지를 갖고 오셔서 채점을 하라고 하는 것이었다. 답안지까지 갖고 오셔서 그냥 보고 베끼는 일이라 어려울 게 없었지만 당황스러웠다. 다행히 내 시험지는 없었다. 선생님께서 빼놓고 주신 것이었다. 열심히 채점을 하고 있으니 얼마 뒤 선생님 어머니께서 근사한 밥상을 들고 오셨다.

어린 나이였지만 선생님께서 왜 자기 일을 도와달라고 하셨는지 어렴풋이 알 것 같았다. 당시는 학기가 끝난 시점이었는데, 새 학년이 되어 담임 선생님이 바뀌게 될 시기였다. 커서 다시 생각 해보니 선생님께서는 작별하기 전 저녁이라도 제대로 한 번 먹여줄 생각으로 집으로 오라고 하셨고, 핑계가 없으니 학기말 고사의 시험지를 주고 채점을 맡기셨던 것 같았다. 나를 부르신 것은 시간이 없어서도, 바빠서도, 더더욱 나의 도움이 필요한 것도 아니었지만 나의 체면을 생각해 학기말 고사 시험지 채점을 부를 수 있는 핑곗거리로 삼으신 것이었다.

어쨌든 감사하게도 근사하게 차려진 밥을 먹는 순간, 나는 그 동안 추측만 했던 것이 사실이었음을 단번에 깨달았다. 첫입에 넣은 장아찌의 맛이 도시락에 있던 장아찌 맛과 같았던 것이다. 이로써 매번 내게 도시락을 주었던 분이 선생님이었음을 깨달았다. 당시 선생님 역시 넉넉지 않은 형편이었기에 도시락을 매번 두 개씩 싸 오실 수는 없는 노릇이었을 것이다. 선생님은 집에서 싸 온 선생님 몫의 도시락을 매번 내가 모르게 나의 책상 위로 가져다 두신 것이다.

내가 배회하던 나무 밑에서 선생님이 서성거리셨던 순간을 떠올리니 눈물만 한없이 흘렀다. 입에 들어있던 밥을 도저히 넘길 수가 없었다. 다행히 선생님도, 선생님 어머님도 같은 방에 안 계셔서 그나마 울기라도 할 수 있었다. 어린 나이였지만 선생님께서 왜 자기 일을 도와달라고 하셨는지 어렴풋이 알 것 같았다.

그날은 내가 집에 갈 때까지 선생님을 뵙지 못했다. 아무리 기다려도 안 오시기에 선생님 어머니께 여쭤봤더니 다른 일이 있어서 집에 온 지 얼마 되지 않아 밖에 나가셨다고 말씀해주었다. 그렇게 나는 선생님께 마지막까지 고맙다는 인사도 제대로 하지 못하였다.

얼마나 사려 깊은 분이셨던지 아직도 내 기억에 생생하다. 나는 이 경험을 통해 진정한 사랑은 생색을 내는 것보다 소리 없이 실행하는 것임을 배웠다. 또 대한민국에도 현재 이렇게 훌륭하고 참된 선생님들이 많이 계신다는 생각이 든다. 아이들의 밝은 장래를 위해 먼저 걸어간 길을 아낌없이 나누고 생각하는 '선생(先生)'이라는 직업을 지금도 무척 존경하는 이유이기도 하다. 이후 내가 성인이 되면 꼭 찾아뵙고 감사를 드려야겠다는 생각을 했다. 하지만 성의가 부족하고 이 핑계 저 핑계 때문에 실행에 옮기지 못했다. 지금도 그것을 생각하면 송구한 마음뿐이다.

아마도 이런 부채감이 내 마음 깊숙한 곳에 쌓여 지금과 같은 다양한 교육 재단 사업을 하게 된 것인지도 모르겠다. 남을 돕는다는 것은 단순히 이름을 내걸지 않고서도 그 자체로 의미가 있는 일이다. 누가 알아주지 않아도 도움을 주는 게 얼마나 기쁘고 즐거운 일인지 모른다. 동시에 이렇게 할 수 있도록 여러 기회와 운이 따라주었음에 감사하다. 어려운 시기마다 삶을 포기하지 않을 수 있었던 굳건한 마음의 힘과 작지만 내게 능력을 주신 하나님께 진심으로 은혜를 돌리고 싶다.

미국에는 빌 게이츠나 워렌 버핏 등 수많은 자선 사업가와 사회 봉사자들이 있고, 최근 한국에서도 나눔의 가치를 행하기 위해 돈이나 재산을 기부하는 사람들이 많이 늘어나고 있음을 안다. 선함을 행하려는 사회 분위기에 일조할 수 있다는 게 얼마나 큰 기쁨인지 모른다. 피란길에서 만났던 귀인들, 따뜻한 도시락을 챙겨주셨던 선생님 등 그때의 작은 나눔은 나라는 사람의 인생을 바꿔주었다. 부디 나의 나눔 역시 누군가에게 가 닿아 그들의 인생과 삶의 태도, 가치관을 바꿀 수 있기를 바란다.

어느 날 학교를 다녀오니 많은 사람들이 집 앞에서 웅성대고 있었다. 뭔 일인지 몰라 사람 사이를 비집고 들어갔더니 아침까지도 멀쩡하시던 아버님께서 돌아가신 것이었다. 지금 생각하니 아마 그것이 심장마비라는 게 아니었나 싶다. 황망한 마음도 잠시, 우리 가족은 마음을 추스르고 다시 서울을 향해 떠나야 했다. 피란처였던 합덕에서 약 1년 반이 지나던 시기였다. 소문대로 중공군은 서울까지 내려오지는 못했고, 교착상태에 빠져 있는 상태에서 정전 협정이 맺어졌다. 그동안 신세를 졌던 분들께 일일이 인사를 하고 서울로 돌아왔다. 치열했던 전쟁 속 어린 나는 삶과 죽음의 경계 사이를 목도하고, 누군가의 나눔과 온기를 경험했으며, 사랑하는 이를 잃은 채 서울로 올라와야 했다. 떠날 때 바닥에 끌렸던 바짓단이 어느덧 발꿈치 위로 올라와 있었다. 몸과 마음이 한 뼘 더 자라나 있었다.

# 학생시절
## "오늘 잠자는 자는 내일이 없다"

효자동으로 다시 돌아왔지만 안식처라고 부를 수 있는 우리만의 집은 없었다. 피란 가기 전에 이미 팔았기 때문이었다. 그렇지만 살았던 동네를 벗어날 수도 없는 노릇이었다. 더욱이 타지인 합덕에 더 이상 신세를 질 수도 없었다. 당시 매형이 영등포에 있는 미군부대에 취직을 하게 되었다. 매형 덕에 먹고 사는 문제가 좀 덜했다. 그는 미군부대 식당 관리 업무를 맡고 있었고, 업무가 끝난 뒤 폐기를 해야 하거나 남는 음식을 부대의 허락을 맡은 뒤 갖고 왔다. 그 음식으로 온 식구가 먹고살았다. 전쟁을 겪은 이후, 먹는 일이 해결되는 것이 얼마나 감사하고 귀한 일인지를 여실히 깨달았던 것 같다.

초등학교를 졸업한 후 나는 중동 중학교와 중동 고등학교를 다녔다. 낮에는 돈을 벌고 저녁에는 학교에 나가 공부를 했다. 당시 아는 분이 가방 공장을 하시면서 가게를 운영했는데, 그 가게는 서울시경찰국 건너편 남대문 시장에 위치해 있다. 두 빌딩 사이에 함석으로 지붕을 덮은 소담한 규모였다. 그 함석은 당시 미군부대에서 나온 쓰레기 중 맥주, 콜라, 깡통을 펴서 만든 것이었는데 벽 사이를 간이로 덮은 것이라 천장 사방이 완전히 봉해지질 않아 눈이나 비가 오면 안으로 들어오곤 했다.

학교를 마치면 어둑한 밤이었고, 그때 가게로 가서 잠을 자고 아침에 문을 열고 점심까지 정리를 하며 도와주는 게 나의 일이었다. 일종의 야간 경비 같은 일을 고등학교 1학년부터 졸업할 때까지 근 3년 남짓 했다. 다른 때는 그럭저럭 견딜 수 있었으나 겨울이 문제였다. 너무 추워서 보통사람은 견딜 수가 없었기 때문이었다. 눈이 오면 날린 눈발이 머리에 살포시 내려앉곤 했던 기억이 난다.

바람이 숭숭 들어오는 허술한 곳에서 잠을 자려니 이가 떨릴 만큼 너무 추워서 내가 난로를 만들었다. 사과 상자를 구해 그 안에 전구를 켜고, 그 위에 이불을 덮으면 위험하기는 해도 그나마 잠을 잘 수 있었다. 어려운 상황 속에도 상황을 탓하거나 포기하는 일은 내 성향상 맞지 않았다. 주어진 역경을 끌어안고 성실하게 일하고자 했다.

가게 사장님이 그런 나를 예쁘게 보셨는지, 당신의 아들에게 나를 본받으라고 몇 번을 말할 정도였으니 지금 생각해도 부끄러우면서도 감사한 일이다. 그때 힘든 시간을 나 혼자서 격언을 만들며 이겨냈다. 가령 '오늘 잠자는 자는 내일이 없다'와 같은 말이었다. 매일의 성실이 결국 미래를 바꾼다는 생각을 했던 것도 같다.

그때의 삶은 분명 생존과 직결될 만큼 처절하고 진지했으나, 당시 나는 전혀 그런 생각이 들지 않았다. 내가 처한 상황이니 헤쳐나가야 한다는 마음뿐. 부모님께서는 늘 '세상의 모든 일은 생각한 대로 이룰 수 있다'는 가르침을 주셨기에 그것을 신조로 삼아 긍정적으로 삶을 살고자 했다. 의지가 있으니 길이 생겼고, 지금의 나를 만들었다.

학생 시절

성공의 씨앗을 내 안에 심어라

# 간절히 바라며
# 치열하게 공부하다

당시 어린 나는 종교가 없었다. 그러던 중 믿음은 과연 어디에 있을까에 대한 의문을 제기하게 된 계기가 있다. 초등학교 4학년 때 짝은 북한에서 내려온 친구였다. 나보다 2살이 많았지만 같은 학년이라 우리는 친구처럼 지냈다. 그의 아버지가 목사님이었기에 그 친구와 아버지 교회에 가서 많이 놀았던 기억이 있다. 성결 교회라는 곳이었다. 교회 선생님은 재미있는 성경 공부뿐 아니라 다양한 지식을 많이 가르쳐 주셨다. 마음이 편해지기도 하고, 친구와 노는 것이 좋아 거기서 살다시피 했던 것 같다. 간혹 교회에서 잠을 자기도 했었는데 새벽이 되면 아주머니들이 와서 기도하는 것이었다. 교회 바닥을 치면서 우는데 그 진동이 내가 있는 곳까지 전해졌다. 그냥 우는 것도 아닌 대성통곡이라 당혹스러우면서도 과연 저들은 무엇을 위해 저리 울부짖을까 하는 생각이 들었다.

지금 와서 생각해보면 그들의 사정과 심정이 이해가 된다. 가족은 흩어지고 먹고 살기는 힘들고 전쟁을 계속하고 있으니 그 어느 곳에도 희망이 없다고 느껴졌을 터. 당시엔 그 생경한 풍경이 너무 낯설어 교회에 와서 하는 기도는 꼭 우는 것이라고만 생각했다. 그 이후 한참 지나 미국에 와서야 기독교인이 되었다. 시간이 지나니 진정한 믿음은 자신의 마음속에 있다는 생각이 든다. 신께 귀의해 그 물음에 대해 분명 여쭤볼 수도 있고, 삶의 여러 단계에서 하느님이 의도하실 수도 있을 테지만 가장 중요한 기준은 자신의 마음속에 두어야 한다. 모든 일의 결과에 대한 책임은 나의 것임을 인지하는 것. 핑계 대지 않고 겸허히 결과를 수용하는 것. 긍정적인 결과를 만들기 위해 최선을 다해 노력하는 자세가 곧 나의 믿음임을 이제 와 깨닫는다.

그렇게 혼란스럽고 힘든 시간이었음에도 나는 공부를 놓지 않았다. 물론 쓰는 일을 싫어해 글씨는 엉망이기도 하다. 그런데 다행히도 기억력은 상당히 좋았다. 고등학교 때 헌법을 1조부터 103조까지 다 외우는 '공민'이라는 것이 있었는데 거뜬히 해낼 수 있을 정도로 기억력이 상당히 좋았다. 다만 글씨를 못 쓰는 것이 안타까워 내 나름대로 추측해 보았다. 아마도 머리나 마음이 손보다 빠르기 때문에 글씨를 못 쓰지 않는가 하는 데까지 이르렀다. 초반에는 정성껏 쓰는 것이 되는데 시간이 지나가면 금방 삐뚤빼뚤해지곤 한다. 고치기 위해 붓글씨도, 펜글씨도 배워보았지만 허사였다. 기억력이 좋으나 글씨가 어설픈 것. 신은 참공평하다는 생각이 든다. 그럼에도 머리가 빠르게 움직인다는

성공의 씨앗을 내 안에 심어라

데에 큰 위안을 삼는다. 뭐든 내가 가진 단점보다는 장점에 집중할 때 나의 잠재력이 배가 될 수 있는 것이니.

무엇보다 나는 아주 어릴 적부터 학창시절 때까지 싸워본 적이 없다. 당시 내가 중동고등학교를 다니던 시기, 불량한 친구들이 꽤 있었다. 그런데 내가 무슨 일이 생기면 친구들이 다 나서주었다. 그 친구들한테 특별히 잘 보이려 애쓴 적도 없었음에도 곁에 있던 친구들이 기꺼이 나서서 도와주었다. 그 이후 나는 사람은 서로 기대어 산다면 어떻게든 잘 살 수 있음을 깨달았다. 당시 1학년까지는 성적이 굉장히 좋았다. 한번 듣거나 읽으면 그냥 기억할 수 있었는데, 고학년이 되니까 아무래도 한계가 있었다. 원하던 고려대학교에 지원했지만 결국 떨어졌고, 1964년에 성균관대학교 경영학과에 진학했다. 대학합격 이후에도 낮에는 일할 생각으로 야간 대학에 진학했다.

함께 친하게 지내던 친구 두 명이 고려대학교에 합격했는데, 그 친구들 모두 아버지가 안 계시고 어머니만 계시는 친구들이었다. 집이 어렵다 보니 학비가 부족한 것이 당연할 터. 나는 계속 일을 병행해왔기에 수중에 돈이 있었다. 어려운 사정의 친구들의 미래를 위해 등록금을 대신 내주었다. 그때 돈으로 6천 원 정도의 큰돈이었지만 내가 받은 나눔과 온정의 경험 때문이었는지 아깝지 않았다. 스스로 돈을 벌어 학비와 생활비를 대는 것 역시 익숙했다. 타인에게 받은 마음을 잊지 않고, 관용을 베푸는 마음이 나를 살게 하고 지금의 상황을 만들었다. 막역한 친구들의 소중한 미래를 도울 수 있었음을 감사하게 생각한다.

# 성장의 계기가 됐던
# 군 생활

1965년 여름, 2학년 1학기를 마친 뒤 나는 군대라는 새로운 환경을 마주했다. 논산 훈련소에서 신병 훈련을 마치고 보충대에서 자대 배치를 기다리는데 일주일 동안 나의 이름이 불리지 않았다. 당시 보충대 선임하사는 내가 사격을 잘해서 조교로 가게될 거라는 말을 했다. 그런데 갑자기 다음 주, 영어시험을 보라고하지 뭔가. 그때 시험을 잘 봤는지 일주일을 더 대기했다. 드디어 3주째 내게 부평 미군 훈련소로 가라는 명령이 내려왔다. 카투사로 선발된 것이었다. 부평의 부대로 이동해 2주 반 동안 훈련을받고 또 한 번 영어시험을 치렀다.

며칠 후 용산의 미 8군에 가서 신고하라는 명령을 받았다. 그런데 당일이 10월 1일 국군의 날이라 휴무일로 생각하고, 집으로갔다가 그다음 날 방문을 했다. 그랬더니 하루만 더 늦었어도 미 8군에서 탈영 신고를 할 참이었다는 이야기를 전해 들었다. 휴일

성공의 씨앗을 내 안에 심어라

은 군대도 쉽다고 생각했는데 그게 아니었다. 까딱했으면 군 생활을 시작도 하기 전에 탈영병이 되어서 영창부터 갈 뻔한 것이다. 그때를 회고하면 아직도 아찔한 생각이 든다.

당시 미 8군 측에서는 이곳에 기를 쓰고 오려는 사람들이 많은데 오지 않을 이유가 없다며 하루 말미의 시간을 더 주었다는 입장이었다. 이렇게 우여곡절 끝에 신고를 마치고 판문점으로 갔고, 판문점 병장이 나를 마중 나와 있었다. 그 병장과 함께 지프차를 타고 비포장도로를 지나 임진강을 건넜다. 탱크도 곳곳에 있는 등 분위기가 삼엄해 꼭 죽으러 가는 것 같은 마음이 들었다.

부대에 도착했을 때 한국군 상급자들은 열세 명밖에 없었고 전부 사병뿐이었다. 그런데 전입 첫날 고통스러운 신고식이 있다는 것과는 달리 부대 상급자들이 짐을 날라주고 잘 살펴주는 것이 의아했다. 사실 속으로는 '나중에 나를 얼마나 못살게 굴려고 이러는 것인가' 하며 걱정이 태산이었다. 그런데 시간이 지나고 잠을 잘 때가 되어도 아무도 못살게 구는 사람이 없었다. 지금까지 상급자들이 나를 도와준 것이 진심이라는 것을 그제서야 알게 된 것이다.

군 생활은 서울 생활보다 좋았고 편했다. 매주 금요일이면 멋있는 8군 버스를 타고 서울로 외출을 가고 일요일 저녁이면 다시 귀대하는, 만족스러운 생활이었던 것도 같다. 비교적 자유롭게 근무할 수 있을 뿐 아니라 전화를 편하게 쓸 수 있었다. 당시에는 전화가 귀하여 프리미엄을 붙여 신청할 뿐 아니라 일정액의 국채를 사고도 보통 3~6개월을 기다리던 시기였는데 말이다.

또한 청소 빨래 모두 관리인이 해주었을 뿐 아니라 수당이 많아 숨통이 트였다. DMZ 수당이라는 게 있었는데 하루에 1인당 60원이 나왔다. 당시 DMZ 수당은 부대별로 할당받게 돼 있어서 인원이 적은 우리는 상당한 돈을 많이 받아갈 수 있었다. 당시 군인 월급이 105원이었는데 나는 한 달에 그 열 배가 넘는 천 팔백 원을 받았다.

당시 나의 임무는 임진강을 오가는 허가, 정전회담 대표단과 회담장소의 안전과 경비, 관광객 안내 및 보호 등이었다. 아주 바쁜 업무였다. 그럼에도 내가 군에 힘이 될 수 있다는 사실이 자랑스럽고 뿌듯했다. 능력이 쓰일 수 있음이 감사했다.

군 생활 중 하루도 휴가를 가질 못했어도, 밤낮없이 맡은 일을 충실히 하는 것이 중요했기에 군 복무를 해낼 수 있었다. 당시 내가 책임감 있게 일을 한다는 소문이 사령관에게까지 전달이 되었는지 사령관이 직접 불러 내게 미군에 입대하라는 제안을 할 정도였으니 말이다. 지금 생각해 봐도 나를 좋게 봐주신게 감사하고도 귀하다. 비록 여러 가지로 고민을 하다 그 제안은 거절하였으나 성실한 일의 태도와 올바른 가치관 확립을 경험할 수 있었다.

군에 있을 때 내가 가장 많이 얻은 것은 영어를 듣는 것과 효율적인 행정처리 능력이었다. 판문점은 헌병대였기 때문에 최소한 고등학교는 졸업한 미군들이 오는 곳이었다. 미 전국 각지에

성공의 씨앗을 내 안에 심어라

서 오니 사투리를 쓰는 사람들도 있었는데, 그걸 알아듣기 위해 선 일정 시간이 필요했다. 빠르게 적응하고, 원활한 의사소통을 위해 노력하다 보니 자연스레 영어 능력이 향상되었다. 또 하나 는 민주주의에 대해 조금은 배울 수 있었다. 미군이 잘못을 할 경 우, 한국군과 마찬가지로 상관이 벌을 주는데 가령 드럼통 물을 숟갈로 퍼내라는 무모한 일을 시킬 때도 있다. 내가 봐왔던 미군 은 '그만'이라는 명령이 떨어질 때까지 모두 잔꾀를 피우지 않고 묵묵히 해내곤 했다.

요령을 피우고 잔머리를 굴리기보다 모든 일에 충실한 삶의 태 도와, 결과를 수용하려는 자세가 인상 깊었다. 징계를 주거나 받 을 때는 엄한 분위기였음에도 평상시엔 상관과 부하 사이가 무척 자연스럽고 평등하게 느껴졌다. 장교나 병사나 모두 똑같았다. 장교와 사병이 서로 장난도 치고 농담도 하는 그런 모습을 보며 민주주의가 건강한 사회이며, 효율적인 절차라는 생각이 마음속 에 자리 잡았다.

동시에 이게 문명사회의 한 부분이라는 생각 역시 들었다. 내 게 군 생활은 새로운 기회의 땅에 대한 도전의식을 키울 수 있는 시기이자, 한층 더 성장하고 넓게 사고할 수 있었던 중요한 단계 였다. 서로 존중하고, 각자의 결과를 겸허히 받아드는 성숙한 삶 의 자세를 보며 점점 내 열망은 커지고 있었다.

카투사 시절

성공의 씨앗을 내 안에 심어라

# 공부냐 일이냐…
# 수출 현장에 뛰어들다

67년 10월에 제대한 뒤, 다음 해 3월 복학까지는 시간이 남아 있었다. 그 사이 진로에 대한 무수한 고민으로 머리가 복잡해졌다. 이전에 꾸었던 꿈이 불현듯 뇌리를 스쳤다. 사실 어릴 적 나의 꿈은 선생님이 되는 것이었다. 내게 따뜻한 마음과 손을 내밀어주셨던 선생님이라는 직업이 어린 마음에도 깊숙하게 들어온 것이다. 우선, 선생님이 되려면 공부를 해야 한다고 생각했다. 제대 후 3개월 동안은 방 안에 틀어박힌 채 공부를 했다. 하지만 공부를 하다 보니 생각보다 할 것이 너무 많았다.

영어, 문법, 회화, 수학, 역사, 국어 등 선생님이 되기 위해 해야 할 과목이 산더미처럼 쌓여있었다. 24시간 하루를 쪼개 이 모든 과목을 하려고 보니 하루가 그리 긴 시간이 아니었다. 하지만 포기할 수 없었다. 석 달간 아침에 일어나 밥 먹고 앉아서 영어, 문법 등의 다양한 과목을 하나씩 완수해나갔다.

그리고 스스로 모의시험도 보곤 했다. 그래서 '아 이제 실력이 좀 발전하여 적어도 군에 가기 전 정도의 수준까지는 왔겠지' 하는 생각이 들기도 했다. 하지만 다시 펼쳐본 책에서 검은 건 글씨요, 흰 것은 종이니 정작 머리에 들어온 것이 없는 것 같았다.

갑자기 겁이 나기 시작했다. 자신만만했던 공부를 어떻게 해야 할지 모르는 상태에 이르렀다. 지금과 같은 시대에는 가정교사, 진로 컨설턴트 등 누군가 지도해주는 사람이 있겠지만 당시엔 그런 것이 전무하던 시대였다. 오롯이 나 홀로 공부해 혼자 결정해야 하는데, 이도저도 되지 않으면 어쩌나 고민이 되었다. 진정 선생님이 내가 가장 잘할 수 있는 길인지에 대한 확신도 보장도 없던 터였다. 미래의 중요한 시기를 앞두고 그 당시 깊은 고민에 빠져들 즈음, 내가 내린 결론은 학교를 그만두는 것이었다. 당시 분위기로는 대학교를 나와도 직장이라고 갈만한 데가 한국은행과 대한 중석 등 제한적이었다. 내가 그런 곳에 들어갈 실력이 되지도 않을 것 같고, 차라리 다른 기회를 찾자는 마음을 굳히게 되었다.

이런 결정을 내리는 데 결정적인 도움을 준 분이 계시는데 내 인생에서 가장 중요한 분이기도 하다. 6·25 때 통역장교를 했던 권호창 씨라는 분이다. 그는 19살 때부터 영어, 일본어에 능통했다. 그의 능력은 매우 뛰어나 공국진 장군 당시에도 수도사령관의 부관으로 일할 정도였다.

공국진 장군은 박정희 대통령과 단짝으로 사관학교 시절 한방

성공의 씨앗을 내 안에 심어라

에서 같이 지냈던 분이다. 박 전 대통령이 여수 순천 사건으로 교도소에 갔을 때 별을 달고 면회를 간 사람은 공국진 장군 그분밖에 없었다고 한다. 그런 공 장군의 부관이었으니 그도 기개가 있었던 군인이 아닌가 싶다. 권호창 씨는 아는 게 많았고 능력이 뛰어나 미국 FBI에서 정식 훈련도 받은 사람이었다.

복학 결정을 하기 전 권호창 씨와 나는 등산을 많이 다녔다. 자하문 밖으로 올라가는 북한산 어귀에서, 산에 올라갈 때마다 나는 이런 고민을 그에게 이야기했다. 그의 결론은 늘 같았다. 무역을 시작하라는 것이었다. 한국에선 무역을 하지 않으면 먹고살 수가 없으며 앞으로도 무역이 가장 발달할 것이라는 선견지명을 보였다. 평범한 직장과 새로운 도전 앞에서 한참을 서성였다. 당시 한국에는 제대로 된 무역회사는 없었던 시기였다. 분명 잠재력이 있는 사업이었다.

뒤이어 그는 내게 실무를 배우라고 했다. 군대에서 사령관도 전투 훈련이 없으면 진급이 안 되는 것과 마찬가지라며 나를 설득하는 것이었다. 당시 무역하는 사람들에 대한 인상은 사회적으로도 훌륭했는데, 그 이유는 외국어에 능통해야 할 수 있다는 인식 때문이었다. 한국 사람 가운데 외국어를 유창하게 하는 사람이 많이 없던 시기였다. 그는 내가 학업에 3년을 더 투자하는 대신에 무역을 하면 경력이나 가치적인 면에서도 큰 차이가 날 것이라고 말했다. 그 말은 내게 매우 달콤하게 들렸다. 하지만 그 이후에도 바로 결론을 내리지 못했다. 공부냐 일이냐를 한참 고민하다가 결단을 내렸다. 얼마 후 가게 된 일요일 등산에서 그의 제안을 수락한 것이었다.

그를 만난 일은 내 인생을 크게 바꿔준 계기 중 하나였다. 68년도, 그 역시 이미 무역 일에 뛰어든 상태였다. 그는 언어가 좋고 판단력이 빠르다는 장점이 있으나 전략적으로 물건을 생산해 팔 수 있는 능력은 없었다. 생산을 지휘 감독할 재주는 없던 것이었다. 그래서 그 일을 내게 맡겼다.

둘이서 무역 일을 하기로 결정은 했지만, 그도 나도 자본도 사무실도 없었다. 그나마 그는 집이라도 한 채 있었지만, 나는 있던 집마저 피란길에 팔았던 터였다. 수소문을 해 이수익 씨라는 분을 알게 되었다. 권호창 씨의 형님 친구 분이었던 그가 충무로에서 무역업을 하고 있다는 소문을 듣게 된 것이다. 간신히 양해를 얻어 그의 사무실에 책상 두 개를 놓을 수 있는 공간을 확보했고, 본격적인 무역업을 시작하게 됐다.

그래서 그분은 외국에 연락을 취하고, 나는 물건을 개발하는 일을 담당했다. 그런데 무역에 대해 아는 게 없었으니 배워야 할 것이 너무 많았다. 무역 용어를 하나도 모르니 먼저 나와서 일하던 사람한테 갖가지 일과 지식을 배워야 했다. 나름대로 판단해서 여러 기술을 합쳤고 시행착오도 겪었다. 그런데 문제가 발생했다. 수출을 해야 하는데 수출할 물건이 없는 것이었다. 당시 한국엔 공장도 없을 때였다. 그때 한국의 가장 큰 수출품은 중석, 두 번째는 성창합판, 세 번째는 일본에 수출하는 김이었다. 그 세 가지를

성공의 씨앗을 내 안에 심어라

빼면 한국에서 해외로 수출할 수 있는 건 아무것도 없었다.

무역 실무는 둘째 치고 수출품을 찾아내 생산을 하는 게 급선무였다. 어떤 아이템이 좋을지, 어디 가서 물어볼 곳도 없었다. 특히 미국 사람들이 뭐를 수입하는지, 가격은 얼마인지 알 길도 없는 것이었다. 그렇다고 그저 앉아만 있을 수는 없는 노릇이었다. 성경 구절인 '두드려라. 그러면 문이 열릴 것이다'라는 명언이 떠올랐다.

한창 둘이서 골몰하던 중, 무작정 미국 대사관을 찾아갔다. 거기에 산업 연감이 있었는데 그곳에서 아이디어를 얻기 위해 노력했다. 아이템, 기업의 규모를 판단해 만일 우리가 할 수 있는 제품 비슷한 것이라도 있다면 그것만 골라냈다. 그 뒤 하루에 백통씩 매일 미국으로 편지를 보내기 시작했다.

편지 내용은 우리가 한국에서 나오는 제품을 공급해 줄 수 있으니 필요한 물품이 있으면 이야기해달라는 것이었다. 사실 우리가 생산하는 제품을 리스트로 작성해서 올려놓으면 좋았을 텐데, 시작할 때는 리스트에 올릴 물건조차 없던 상황이었다. 그러니 필요한 걸 이야기할 수밖에. 시간이 많이 흐른 지금 생각해보아도 완전히 맨땅에 헤딩하는 격이었다.

그 시절에는 미국에 편지를 항공편으로 보내도 보통 10~14일 이상 걸렸다. 빨리 오더라도 대개 한 달 정도 걸려 소식이 왔고, 보통 100통을 보내면 2~3% 정도의 회신율이 있을 뿐이었다. 당시는 미국과의 무역이 활발하지 않았을 때이기도 했다. 미국에 수출하는 수출업자도 거의 없었을 때였고 미국에 수입업자도 많지 않을 때였다.

　그런데 얼마 되지 않아 답신이 오기 시작했다. 가뭄에 콩이 나듯 아주 희소한 경우였지만 말이다. 간혹 '이런 물건이 필요한데 공급을 할 수 있냐'는 내용이었다. 답신을 보내는 사람들을 보니 일본과 무역을 하는 사람들이었다. 그 사람들은 '일본에서 사는 것보다 한국에서 사면 좀 싸지는 않을까' 하는 희망을 가진 사람들이었다. 나는 가진 것 없이 수출 현장에 뛰어들었고, 그 상황은 무모할 만큼이나 대담했다. 그러나 내가 가진 최대한의 노력으로 희망을 찾고자 하는 절실한 마음과 의지력이 있었다. 기적은 노력하는 자의 것이니, 조금씩 오는 답신으로도 우리는 기뻤고 충분히 행복했다. 바야흐로 새로운 도전의 길이 펼쳐진 것이다.

성공의 씨앗을 내 안에 심어라

# Chapter 2

# 준비된 자가
# 기회를 잡는다

# 기적의 첫 수출품,
## '파티픽'

내가 맨 처음에 의뢰를 받은 물품은 파티픽이었다. 칵테일 잔에 장식용으로 덮거나 꽂아두는 종이우산이었다. 체리를 꽂아서 술잔에 올려놓는 파티픽을 만들어 납품할 수 있냐는 의뢰를 받았고, 기쁜 마음에 우린 무조건 할 수 있다는 답을 했다. 그러나 당시 한국에 그런 것을 만드는 곳은 전무했다.

어쩔 수 없었다. 답을 만드는 수밖에. 동대문, 남대문 시장 할 것 없이 온갖 장소를 돌아다녔다. 끝없이 찾아다니다 보니 정말 한 줄기 빛처럼 조금씩 문이 열리기 시작했다. 시장에서 만난 상인들로부터 전라도 담양에선 대나무 공예를 많이 하니 그곳에 가면 혹시 만들 수 있을지도 모른다는 막연한 조언을 얻었다.

나는 담양으로 무작정 찾아갔다. 아는 사람이 있는 것도, 어디 공장이 있다는 정보도 없었지만 조금의 답이라도 찾을 수 있을까 싶어 담양 장터에 다다랐다. 그런데 어떤 가게 앞에서 아낙네들이 대나무 제품을 머리에 이고 오는 것이었다. 그들 중 물건을 파는 사람도 있었지만, 계속해서 물건을 놓고 가는 사람들도 보였다. 바로 도매상이었다. 그걸 다 산 뒤 서울, 부산 등 전국에 유통하는 것이었다.

온종일 지켜보다 저녁 무렵이 되었을까. 길거리에 내놨던 물건을 가게 안으로 들여놓기 시작했다. 무작정 가서 도왔다. 아는 사람도 아니고 부탁도 없었지만 지푸라기라도 잡자는 심정으로 손을 내밀었다. 의아해하던 주인은 그제야 내게 말을 걸어왔다. 이때가 기회다 싶어 나는 의뢰받은 파티픽을 설명해주고 이런 것을 만드는 데가 있는지를 물어봤다. 그 사장은 처음에는 시큰둥한 반응을 보였다. 이 일로 언제 돈을 벌려고 하냐! 그러지 말고 여기 있는 바구니나 팔라며 말을 끊어버렸다.

나는 파티픽 때문에 아는 사람도 없는 담양에 내려왔는데, 갑자기 받은 생뚱한 제안에 당황스러울 뿐이었다. 더구나 어디다 바구니를 팔아야 할지도 몰랐다. 그러나 포기하지 않고 일단 주인에게 파티픽을 찾아봐 달라고 부탁하고, 바구니를 가져가 팔방법이 있는지 찾아보겠다고 말했다.

그런 뒤 일주일 즈음 지나 담양에서 편지와 파티픽 샘플이 함께 왔다. 보니까 꽤 괜찮은 모양이었다. 받아볼 수 있을 거라 기대하지 않았는데 막상 파티픽이 손에 쥐어지자 마음이 두근두근 떨렸다. 그 길로 다시 담양으로 내려갔다. 가격도 정해야 했고 샘플이 좀 더 필요했기 때문이었다. 세부사항을 정한 뒤 미국에 샘플을 보냈더니 합격 판정을 받았다. 꿈만 같았다. 파티픽으로 나는 미국에 첫 수출을 하게 되었다. 정확한 금액은 생각이 나지 않지만, 수출을 시작했다는 것에 그 의의가 있었다.

개수로 기억을 하는데 당시 한 박스는 한 그로스였으며(144개), 100 그로스를 한 carton box(14,400 PCS)로 포장해서 수출을 했다. 티끌 모아 태산이라고 이 작은 제품도 한 달에 300~500 상자씩 선적을 하다 보니 제법 장사를 하는 폼이 나는 것이었다. 점점 내가 하는 일에 자신이 붙기 시작했다. 발품을 팔아 의견을 얻고, 무작정 연고가 없는 지역을 내려가 상품을 찾고, 우연히 이어진 인연에 거래를 성공시키기도 했다. 지금 생각해도 기적과 같은 일이었지만, 이 경험을 바탕으로 나는 하늘은 스스로 돕는 자를 돕는다는 말을 실감했다.

# 빵 바구니로 이어진
## 수출 물결

첫 거래를 성공시킨 뒤 담양에서 만난 주인장 아저씨가 팔아보라고 한 바구니 생각이 문득 들었다. 도움을 받았으니, 이제 내가 주어야 할 차례라는 생각이 들었기 때문이다. 혹시 이런 제품은 어떨지에 대해 제안서를 정리해 미국 거래처에 보냈더니 바로 답과 함께 제품 샘플이 왔다. 우리가 보낸 바구니 말고 빵 바구니가 가능할지에 대한 가능 여부였다.

빵 바구니라니. 난 신이 났다. 내가 보낸 물건과 같지는 않았지만 담양은 바구니 가 주 생산지이니 문제될 게 뭐 있겠냐라는 생각이 들었다. 더욱이 수공예품이기 때문에 기계 설치가 필요한 것도 아니었고 단지 가격이 중요한 요소가 될 것 같았다.

바로 담양으로 내려갔다. 담양 수집상의 제조 공장은 농가들이었다. 수집상이 빵 바구니를 만들라고 농가에 말하니, 15일마다 열리는 장날 전부터 농가에서 천 개, 이천 개씩 바구니를 만들

성공의 씨앗을 내 안에 심어라

어 몰려오기 시작했다. 가슴이 두근거리기 시작했다.

당시 한국의 수출품 1위는 성창합판이었고 두 번째는 중석이었는데, 물량의 부피로 한 달에 500~600톤씩 나갔으니 그 규모가 어마어마했다. 성창합판과 대한중석 외에 그렇게 많은 양이 나간 물품은 어떠한 것도 없었다. 68년에 빵 바구니 수출을 시작했는데 69년에 36만 불을 얻었다. 빵 바구니 12개(1 dozen)는 $1.80이었다. 그걸 36만 달러어치를 수출했으니 얼마나 양이 많았겠는가.

당시 환율이 100원쯤 할 때였기에 그 규모가 어마어마했다. 당시 우리가 쓰는 회사는 대한 수출산업이었는데, 이는 사무실 일부를 빌려 쓰고 있던 권호창 씨 형님 친구 분 회사였다.

이쯤 되니 우리도 별개의 회사를 세워야겠다는 욕심이 생겨 'Westwood Import'(해당 제품을 사갔던 바이어 이름)라는 이름으로 생애 최초로 회사를 설립했다. 그래 봤자 전 직원은 두 명뿐인 조그만 회사였지만 그래도 나 나름대로 정체성과 자부심을 갖고 일하는 것이 무척 중요한 것만 같았다. 그 뒤 WT라는 로고를 만들고, 이 로고를 쉬핑 마크로 사용하기로 하였다. 당시 담양에서는 WT라는 로고가 영어를 모르는 시골 농부 아줌마들 역시 모두 알 정도로 금세 유행하게 되었다. 물건을 사 가는 나는 모르더라도 WT는 알 정도였으니 말이다.

꺼지지 않는 집념으로 이후에도 수출 동력은 계속되었고 왕골로 만든 쇼핑백 등 이 지역에서 할 수 있는 거라면 무엇이든 계속해서 팔았다. 그 이후 1970년 즈음, 권호창 씨가 미국으로 이민을 가며 나 홀로 사무실을 맡게 되었다. 권호창 씨가 가니 그 형님 친구 분 사무실에 있을 명분이나 이유도 없어 사무실을 따로 내게 되었다. 실제로 홀로선 것이다. 규모는 구멍가게였지만 소위 말해 최초로 회사의 사장님이 된 것이었다.

시간이 지나며 수출을 위한 제품 공장도 많이 늘게 되고, 판매할 수 있는 상품도 계속해서 추가되었다. 도자기제품, 의류, 섬유류, 부엌 용품 등 생산 판매가 가능한 모든 제품을 수출했다 해도 과언이 아니다. 무역 상사로서 조금씩 자리매김하기 시작한 것이다. 아울러 수출 대상국도 늘려 일본을 비롯해 유럽에도 판매하기 시작했다.

남의 회사 작은 공간을 빌려 시작했던 회사가 다양한 상품군을 취급하는 무역 상사가 되기까지 긴 시간이 든 것이 아니다. 오로지 목표에 대한 열정과 때에 맞춰 따라와 준 기회가 있었을 뿐이다. 이를 통해 목적과 희망이 확실하고, 중도에 포기만 하지 않는다면 분명 목표한 바를 이룰 수 있다는 확신이 생겼다.

# 실패를 통해 성장하다
- 후추 그라인더

수출이 잘 되니 한국에 공장도 늘어나고, 제품도 점차 다양해지기 시작했다. 그래도 개발 판매를 할 수 있는 제품은 끝도 없이 많았다. 성취에 안주하지 않고 새로운 기회를 찾기 위해 노력했다. 눈을 크게 뜨고 열심히 일을 하면 기회는 얼마든지 있던 시대였으니 말이다. 외국에서 수출품 의뢰가 오는 경우도 있었지만, 반대로 내가 거꾸로 보내줄 때도 있었다. 무한한 가능성이 있는 수출 분야 업무가 도전적이면서도 흥미롭게 느껴졌다.

어느 날 미국에서 나무로 된 페퍼 밀, 즉 후추 갈이 통을 공급할 수 있을지에 대한 제안을 보내왔다. 이 제품은 통 안에 통후추를 넣고 기울여 돌리면 후추가 갈려 나오는 통이었다. 바이어는 일본에서 그 물품을 사고 있었는데 한국에서도 생산할 수 있는지에 대해 물었다. 당시 한국에는 그런 게 필요하지도 않았을뿐더러, 만드는 곳도 없었다. 하지만 첫 수출품을 성공시켰던 마음으로 다시 찾아보기로 결심했다.

아무리 찾아도 완제품을 만드는 곳은 없었으니, 나무 제품을 만드는 공장에 가서 나무통을 만들고, 주물 공장에 가서 그라인더를 만들어서 다시 나무 공장으로 옮겨서 조립했다. 그 뒤 박스 공장에서 그 물품을 박스 한 곳에 모아 조립과 포장을 하는 공정으로 정했다.

예상한 그림을 위해 각각의 공장을 전국으로 찾아다녔는데, 이 과정이 번거롭기는 하였으나 하나씩 아귀가 맞아들어가는 것이 흥미로웠다. 나무 부분은 춘천에서, 주물 부분은 영등포에서, 박스는 왕십리에서 만들어 청량리의 한 공장으로 모아 최종 포장을 하여 수출하는 과정이 이어졌다. 그 당시 한국에서 처음 수출한 제품이 백여 가지가 넘는 것으로 기억한다. 몸은 바쁘고 고단했지만 한편으론 그 역사적인 시작을 할 수 있었다는 게 자랑스러웠다.

그때 인연을 맺어 설립된 공장 중 지금도 운영되는 공장이 여럿인 것으로 알고 있다. 내가 먼저 걸어갔던 길을 알려주고, 또 새로운 사업을 의뢰해 각각 커진 공장들이다. 지금도 내게 가끔 모르는 부분을 물어보러 오는 사람들도 있다. 하나의 우연한 기회로 만나 서로 돕고, 도움을 받을 수 있으니 사람의 인연이란 것이 참 신기하다.

어쨌든 우여곡절 끝에 후추 갈이 통을 생산하여 미국에 보냈다. 한 두어 달쯤 지났을까 이제 재주문이 올 때가 되지 않았나

성공의 씨앗을 내 안에 심어라

하고 고대하던 중 미국에서 연락이 왔다. 하지만 그 내용은 아주 심각했다.

회사를 설립하고 그때 처음 클레임을 받아보았으니 분명 난리가 났다. 그때 우리는 소금 통과 후추 갈이 통을 만들어 납품했는데 같은 세트인 소금 통은 일렬형으로 되어있어 별문제가 없었는데 분할형으로 된 후추 갈이 통의 머리 부분이 갈라졌다는 것이었다. 선적 전, 분명히 검수해서 보냈는데 문제가 생겼다고 하니 도대체 알 길이 없었다. 갑자기 받아든 클레임에 막막하고 당혹스러운 마음뿐이었다.

큰일이 났지만 그대로 앉아있을 수는 없는 노릇이었다. 세 개의 별개 공장에서 생산되었을 뿐 아니라 워낙 영세 공장이어서 돈을 다 물어줄 수도 없던 상황이었다. 바이어가 거짓말하는 것은 아닌지 의심이 들기도 했다. 선적하기 전, 박스에 넣는 것까지 보았고 제품에 아무 이상을 발견하지 못했기 때문이었다. 침착하게 생각한 뒤 제품을 다시 받아보았다.

그런데 웬걸. 후추 갈이 통 머리 부분이 죄다 갈라져 있지 뭔가. 이 통을 들고 나무 전문가를 찾아다녔다. 한참 돌아다닌 끝에 나무를 제대로 건조를 안 해서 금이 갔다는 사실을 알게 되었다. 나무는 수분이 7% 이상 남아있으면 갈라질 가능성이 많다고 한다. 이전까지는 알 리도, 알 수도 없는 사실이었다. 제품에 사용된 나무의 수분 함유량을 내가 어찌 알았겠는가. 더욱이 장마철에 만들었으면 수분함량이 20% 이상 나왔을 터였다. 미국 바이어한테 미안한 생각이 들었다.

상대방한테는 내가 몰라서 그랬다고 절대 말할 수 없었다. 이는 책임을 회피한 변명일뿐더러 신뢰를 잃는 지름길이라고 생각했기 때문이었다. 그래서 원인을 찾았다고 이야기한 뒤 물건을 다시 만들어 주겠다며 상대방을 설득했다. 원인을 파악해 개선한 뒤로는 문제없이 수출이 잘 되었다. 이렇게 실패를 통해 하나씩 경험을 쌓아갔다.

위기 상황이 발생했을 때도 무조건 책임을 회피하기보다 침착하게 원인을 파악할 것, 책임져야 할 일은 온전히 끌어안을 것. 이것이 수출 사업을 하며 내가 지닌 신념이자 원칙이었다. 더욱이 이 신조는 사람과의 유대를 공고하게 해 내가 더 오랫동안 꾸준히 사업을 하게 하는 원동력이 되어주었다.

성공의 씨앗을 내 안에 심어라

# 밤낮 가리지 않고
# 'MADE IN KOREA'를 알리다

여러 수출 경험을 통해 그대로 앉아만 있기보다 늘 연구하는 자세가 중요함을 배웠다. 그전에는 아무것도 모르는 상태로 시작해 상대가 원하는 물건을 팔았지만 점차 스스로 연구해 제안한 뒤 성공하는 재미도 느꼈다. 그 방법 중 하나가 'SEARS'나 'JC Penny' 백화점의 카탈로그를 훑어보며 공부를 하는 것이었는데, 상품을 발굴해내는 확실한 기회가 되었다. 백화점 카탈로그뿐 아니라 남대문 시장, 헌책방 역시 내게 중요한 사업 영감을 주는 곳이었다. 잡지와 시장, 백화점을 샅샅이 뒤져 나온 상품을 제안하고, 미국에서도 서서히 흥미를 갖기 시작했다.

상품 종류가 늘어나니 수출 물품이나 양, 거래처도 자연스레 늘었다. 그때부터 '메이드 인 코리아' 상품이 알려졌던 것 같다. 저렴한 가격, 확실한 퀄리티와 성실성, 기간 보장으로 타국에서 한국과 거래하지 않을 이유가 없었던 것이다. 점차 다른 바이어들도 한국을 찾아오기 시작했다. 모든 고객이 내게 온 것은 아니지만, 대부분의 해외 바이어가 우리 회사로 찾아왔고 나는 그들에게 확실한 물품을 공급해 줄 수 있었다. 구조적 변화가 눈에 보이기 시작했다. 기존엔 내가 고객을 찾았다면, 이젠 고객이 나를 찾을 수 있도록 성장한 것이다. 이게 장사라는 생각이 들었다.

어떤 때는 잠을 포기하면서까지 열심히 일했다. 밤낮을 가리지 않고 전국을 다니며 상품을 찾고, 거래처를 발굴했다. 그때는 지금처럼 교통수단이 좋지도 않았고, 핸드폰이나 인터넷도 없었기에 소통 수단이 원활하지 않았다. 전라도를 한 번 내려가면 2~3일도 어느새 지나가는 시기였다. 간혹 차편이 없어서 못 올 때도 있었다. 세어 보니 1년에 구두를 세 켤레씩 갈아 신은 것을 발견했다. 각각의 켤레마저도 창을 번갈아 가며 신어야 했다. 그만큼 동분서주 뛰어다니던 시기였다.

일본 사람들이 남겨놓은 형편없는 공장 시설에 잘 숙련되지 않은 공원들을 챙겨서 물건을 만들고 또 바이어들 접대까지 정말 바쁘게 살았다. 하지만 성장하고 있었기에 힘이 절로 났다. 나를 찾는 거래처와 앞에 놓인 새로운 기회, 무궁무진한 수출 분야의 기쁨이 나를 살게 했다. 통금 때문에 집에 오기 어려운 시간이 되면 때로는 인분 수거차인 일명 '똥차'를 불러 타고 들어가기도 했다. 똥차는 통행 금지마저도 예외였으니 말이다.

몇 년이 지나 서른쯤 되니 무역이라는 것을 조금씩 알게 되고 삼성 등 대기업과 거래를 하면서 사업이 안정되기 시작했다. 그때 돈을 벌기만 했을 뿐 모으는 데는 신경을 쓰지 않았다. 사실 1차 목표는 서른다섯 때까지 무역 등록을 하는 것이었는데, 그 말은 즉 무역을 할 수 있는 공식적인 자격을 얻는 것이었다. 만일 그때까지 이루지 못하면 남대문에서 배추장사를 하겠다는 결연한 다짐을 스스로 세워두었다.

그런데 목표했던 서른다섯보다 삼 년이나 앞당긴 서른두 살에 무역회사 등록을 했다. 무역 회사 등록을 하고 십 개월이 지난 다음에 등록번호를 받았는데 352번이었다. 최초의 무역업 등록번호이자, 한국에서 352등이라는 의미였다. 1968년에 360,000 달러를 수출하고 21등이었는데, 1973년에 6,000,000 달러를 수출해 352등이었으니 한국의 수출이 얼마나 급속도로 성장했는지를 역력히 보여주는 증거라고 할 수 있다.

지금 당장의 잠보다는 목표를 달성하기 위해 노력했기에 수출업계에 새로운 판도를 만들 수 있었다. 내가 고객을 찾아가는 것에 안주하지 않고, 우리 제품을 알려 고객이 나를 찾아오는 구조를 만들었기에 이 흐름은 지속될 수 있었다. 아직도 세계 각지에 놓인 '메이드 인 코리아' 제품을 보면 가슴 속 뭔가가 끓어오르는 느낌을 받는다. 젊은 날의 초상, 한국인으로서의 긍지 같기도 해서 말이다.

# 국내 첫 수출,
# 인조 가발의 의미

빵 바구니만큼 히트를 친 것을 손꼽자면 바로 인조 가발이다. 당시 내가 한국의 인조 가발 수출을 처음 시작했는데, 이 상품은 지금의 반도체처럼 한때 한국 수출의 주축 역할을 한 상품이기도 하다. 수출 금액은 적었지만, 이 상품을 내가 맨 처음 수출할 수 있던 것에 대해 큰 자부심을 갖고 있다.

서울 세관의 과장으로 있던 분을 우연한 계기로 알게 되었다. 그는 인조 가발 상품에 흥미를 갖고 있던 사람이었다. 당시 그가 일본에서 카네칼론 섬유를 구해서 가발을 만들었는데, 이 가발이 좋으니 수출을 해볼 수 있겠느냐는 의뢰를 해왔다. 당시 명확한 답은 없었지만, 역시나 이전에 내가 그래왔던 것처럼 여러 방면으로 방법을 알아보던 중이었다.

그러던 중 당시 LA 코트라에 계신 분을 소개받아 가발 팔 곳을 여쭤보았고, 감사하게도 그분이 첫 바이어와 연결해주었다. 구매량 자체는 400 달러로 아주 적은 양이었다. 하지만 국내 첫 인

성공의 씨앗을 내 안에 심어라

조 가발 수출이라는 것과 거래 성공 자체가 내게 큰 기쁨으로 다가왔다. 당시 서울에는 밤늦게까지 하는 술집이 몇 안 되었다. 하지만 그중 가장 인기 있는 곳이었던 'UN Center'라는 곳에 가서 밤새도록 술을 마시며 자축을 했다. 거래 금액이었던 400 달러보다 더 쓴 것 같았지만, 이 거래의 성공은 또 다른 거래도 가능하리라는 자신감을 확실히 심어주었다.

아무도 안 팔던 새로운 제품을 전혀 알지 못하는 새로운 바이어에게 팔 수 있다는 것 자체가 우리에겐 큰 흥분거리였다. 첫 거래를 시작으로 얼마 지나지 않아 인조 가발 4,000 달러 주문이 오고 얼마 가지 않아 40,000 달러, 더 나아가 200,000 달러 주문으로 계속 확장되었다. 이 흐름을 읽은 많은 사업자들이 인조 가발 제품에 모여들어 대량생산을 하게 되었다.

그런데 후발주자들이 하나로 뭉쳐 가발 원료였던 카네칼론 섬유에 대해 독점 계약을 체결해 시장을 독점하고 말았다. 처음 시장을 개척한 우리는 원료구매의 길이 막혀 손을 놓아야 하는 상황에 다다랐다. 그러나 우린 비관하지도 아쉽지도 않았다. 일단 국내 처음 수출 제품을 발견했다는 것과 거래를 성공시킨 것, 그리고 무엇이든 할 수 있다는 또 다른 자신감이 우리의 마음에 들끓었기 때문이었다. 참 감사하게도 이 제품은 승승장구해 많은 한국 사람들을 배부르게 해주었고, 한국의 수출 역사상 한 획을 긋는 계기를 만들어주었다. 인조 가발의 국내 첫 수출, 그 의미는 우리에게 참 뜻깊게 다가온다. 아직까지 참 자랑스러운 일이다.

# 기회의 땅,
# 미국에 첫발을 딛다

이런 일을 계속하던 중 시카고의 한 바이어가 아주 흥미로운 제안을 해왔다. 본인이 미국에서 면도기 키트를 생산하는 사람인데 함께 일을 분담해서 진행하면 어떻겠냐는 제안이었다. 들어보니 한국에서 면도기 키트를 구매하면 훨씬 저렴하니, 내가 제품 개발 업무를 맡아 구매를 하고 본인은 판매와 새로운 시장을 개척하는 영업 일을 하겠다는 것이었다. 그때까지만 해도 나는 미국 땅을 밟아본 적이 없었다. 미국은 그저 부자의 나라이자 기회의 나라라고만 이해하고 있었다. 분명 그럴듯한 제안이라 듣는 순간 마음속 지금껏 경험하지 못한 새로운 설렘이 차올랐다. 또 다른 기회가 될 수 있겠다는 생각이 들었다. 하지만 내가 그곳에 대해 아무것도 모르는 상황이었기에 제안을 받고서도 한참을 고민했다. 결국 한국에서 하던 기존 일은 회사 간부에게 인계하고 나는 미국으로 가기로 결정했다.

시카고는 내게 미지의 나라였다. 도착한 뒤 처음 몇 달은 이런 저런 미국 생활에 적응하는 데 시간을 보냈고, 삼 개월째가 되어서 물건을 구매하러 다시 한국을 갔다. 지금까지는 판매자로서 물건을 구해다 보내는 역할만 했는데, 이제 위치가 바뀌어 판매자가 아닌 구매자로 오게 되니 심정이 참 묘했다. 내 앞에 새로운 기회가 부단히 펼쳐짐에 조금은 들뜬 마음도 들었던 것 같다.

그런데 참 이상하게도 미국에서 구매자로 온 입장이 되다 보니 한국의 거래처 사람들이 나를 보는 시선이 달라지는 것을 조금은 느낄 수 있었다. 앞에서는 이전과 똑같이 대우를 잘 해주었지만 그 전처럼 '정(情)'은 보이지 않았다. 어쩐지 이상하고 서운한 마음이 들었지만 나는 묵묵히 내 일을 완수할 수밖에 없는 입장이었다. 그렇게 또 몇 달이 지나 두 번째로 한국 구매 출장을 오게 되었다.

이번에도 전과 다름없이 일을 마치고 시카고로 돌아갔는데, 이때 동업자와 나 사이에 이견이 생기게 되었다. 원래 내가 미국에 온 이유는 월급을 받는 직원으로 일하기보다는 동등한 동업자로서 일할 수 있다고 생각했기 때문이었다. 하지만 현실은 달랐다. 어떤 면에선 동업이라고 말하기 어려울 정도로 그가 미국 현지 일은 모두 혼자서 하는 것이었다. 사정이 이러니 이익을 분배해 달라고 할 수도 없고 또 주지도 않으니 마음 한편으로 당혹스러웠다. 나는 그에게 처음 계약과 다르지 않냐고 물었다. 동업자는 오히려 "왜 이렇게 서두르냐. 필요한 돈은 충분히 주고 있고, 당신은 물건 구매 나는 현지에서 판매를 이렇게도 잘 맡아 하고 있지 않느냐. 곧 기회가 올 테니 서두르지 말고 기다려라"라는 대답만 할 뿐이었다.

그 후 한 달이 지나 세 번째로 한국 출장을 나오게 되었다. 내가 해야 할 일과 주문 건을 마치고 한참 고민했다. 약속된 조건이 아니었던 탓에 다시 돌아간다고 해도 내가 품었던 꿈을 정확히 실현하기 어려울 것 같았다. 때로는 면밀한 상황 판단이 인생에 도움이 될 때가 있는 법이다. 나는 쌌던 짐을 다시 풀었다. 미국에 돌아가는 것을 포기하고 한국에 머물기로 한 것이다. 간부에게 주었던 회사를 다시 인계받아 무역회사 등록을 하고 한국에서 본격적인 수출을 시작했다. 미국 이민은 잠시 보류하기로 한 것이다.

이런 이유로 한국에서 다시 수출업을 시작하게 되었다. 그동안 한국의 생산 저변이 많이 발전 확대되어 수출 규모와 종류는 많아졌고, 시장도 다변화되어 있었다. 상황적으로도 1, 2차 중동 석유 파동으로 인해 한국은 수출 호황기를 맞이하던 시기였다. 처음 부푼 기대감을 안고 갔던 미국이 바로 내게 미소를 보여주지는 않았지만, 그때의 경험은 아직도 값진 일로 남아 있다. 두드려봤기에 또 다른 기회를 엿볼 수 있었기 때문이다. 국내외를 번갈아 다니면서 만나는 사람도 견문도 훨씬 더 넓고 커졌다. 끝까지 이어지지는 못했으나 시카고에서의 동업을 처음 제안해 주신 그분께 감사한 마음을 전한다.

미국 내 첫 사업을 시작하던 시기

## 비치볼로 쏘아 올린 기회,
## 또 다른 기회를 가져오다

수출 상품의 종류가 계속 늘어가는 과정 속에 새로 등장한 PVC 수영장 튜브, 더불어 비치볼은 나에게 또 하나의 기회를 주었다. 분명 내게 더 넓은 세상으로 뻗어 나갈 수 있는 시기가 되어준 것이다.

요새 '배스킨라빈스'라는 브랜드를 모르는 사람은 거의 없을 것이다. 과거 이 회사에서 비치볼을 프리미엄 아이템으로 선정한 적이 있었다. '31'이란 로고를 인쇄한 비치볼을 상당히 많이 사 갔는데, 당시 나는 '31'이 무엇을 의미하는지 몰랐다. 나중에 보니 그 브랜드에서 판매하는 아이스크림 맛이 서른 한가지라는 것을 알고 꽤 흥미로워했던 기억이 있다. 당시에도 배스킨라빈스는 미국에서 인기가 매우 좋아 해마다 비치볼 구매 양이 늘어나고 있었으며, 태평양에 접해 있는 서부 지역뿐 아니라 동부와 캐나다까지 확산되었다.

성공의 씨앗을 내 안에 심어라

이렇게 미국에서 프리미엄 아이템으로 인기가 절정에 있다 보니 일본의 유수 제과사인 모리나가(Morinaga)에서 같은 아이디어를 자사 상품(당시 초콜릿)에 프리미엄 상품을 결합하기로 결정했다. 새로 나온 초콜릿에 비치볼을 넣어서 포장하기로 결정한 것이었다.

그 수량이 자그마치 6,500,000개였다. 당시 일본 내부 정서는 자국 제품만 사용하자는 것이 주류를 이루었다. 비싼 제품이건 저렴한 제품이든 외국 제품은 배척했으며 자체적으로 무역흑자가 나오던 시기였다. 당시 일본 수상이던 '다나까'는 전국 TV에 출연하여 외국제품을 사용하도록 격려하기도 했다. 당시 값비싸던 에르메스 넥타이를 직접 착용하기도 하고, 전 국민에게 소비 지원금으로 50,000엔 이상씩 나누어주었으나 그중 80%가 다시 은행의 예금으로 들어오는 기이한 현상이 벌어지곤 했다.

그런 상황 속에서 외국제품을 프리미엄으로 사용하는 것은 거의 불가능한 일이었다. 그렇다고 일본제를 쓰자니 원제품인 초콜릿 가격에 비해 너무 비싸 고민을 할 수밖에 없었다. 결국 일본 원자재 자체를 한국에서 수입하면 이 문제를 해결할 수 있다는 결론을 얻었다. 도쿄 박람회에서 만난 아주 작은 규모의 공장을 목표로 하여 한국에 들어와 열심히 구매 상담을 했지만 일본 원단을 수입하여 생산해서는 수지 타산이 결코 맞지 않았다.

결국 거의 포기하고 돌아가려는 참에 그래도 당시, 한국에서 비치볼이라 하면 내 이름을 뺄 수가 없던 때였다. 누군가가 내 이야기를 듣고 내게 만남을 제안했다. 반신반의하며 일본으로 돌아가기 전, 그들을 만났다.

물론 이때까지 자신들이 원하던 견적을 내게 주었으나 비싼 일본 원단을 써서 이를 맞춰달라는 요구를 다 맞춰줄 뾰족한 수가 없었다.

온종일 머리를 맞대고 이 생각, 저 생각을 해보았지만 결론이 나지 않았고, 다음 날 만나기로 한 뒤 집으로 갔다. 6,500,000개라는 엄청난 수량의 거래를 손에 쥐었는데 단순히 가격 때문에 수주를 할 수 없다고 생각하니 잠을 잘 수가 없었다. 그래도 한 번 더 해보자는 마음으로 이곳 저곳 수소문을 하기 시작했다.

내내 고민을 하다 어느새 밤을 지새웠다. 날이 밝자마자 비닐 상점에 가서 비치볼에 사용하는 원단 3야드를 사서 사무실에서 이리저리 재단해보았다. 고민 끝에 결국 문제를 해결할 실마리를 찾게 되었다.

먼저 1평방 야드를 가지고 비치볼에 필요한 판넬을 잘라서 몇 개나 만들 수 있나를 계산한 다음 그 중량을 달아 보았다. 비닐 원단을 거래할 때는 길이로 파는 방법(주로 소매상에서 쓰이는 방법)과 중량으로 파는 방법(대량 또는 수출입 시 쓰이는 방법)이 있었는데, 그 차이점에 주목했다. 일본의 원단공장에 가격을 중량으로 견적을 받아달라고 했더니 그 가격이 길이로 사는 것보다 약 35% 더 저렴하다는 것을 알게 되었다.

정말 이것이 꿈인지 생시인지 믿기 어려웠지만 확실하게 일본

성공의 씨앗을 내 안에 심어라

공장에서 받은 가격이니 내 계산(소요량)이 틀리지 않았다면 확실히 이 거래를 성사시킬 수 있겠다는 확신이 들었다. 그전까지 해결책이 나오지 않아 답답해하던 일본 바이어들 역시 "어떻게 그런 생각을 해냈느냐"며 나보다 더 반가워했다. 일본 정서와 딱 맞는 일본제 제품(원단)을 사용했을 뿐 아니라, 모리낭가에서 책정된 프리미엄 아이템 예산에도 딱 들어맞는 가격이기 때문이었다.

당시에는 컴퓨터는 물론이고 계산기도 제대로 없어 주판을 사용하던 때이니 더더욱 그 발견이 신기하고 놀라웠다. 이렇게 하여 이 거래를 3년간 지속할 수 있었고, 더 중요한 것은 이로 인해 많은 일본의 사업가들을 만나게 된 것이었다. 그들은 꼭 비치볼이 아니더라도 어떠한 제품이라도 더 많은 오더를 내게 확보해 주려 노력했다. 내가 하는 일에, 사람을 대하는 일에 진심이면 상대 역시 그에 상응하는 반응을 보여준다는 것을 확인할 수 있었다.

그러던 어느 날 일본에서 최초로 개발한 이미테이션 스웨이드 원단 샘플을 가지고 판매할 곳이 없겠느냐고 물어왔다. 제품이 얼마나 아름다운지 팔기 이전에 내 옷부터 당장 만들어 보고 싶을 정도였다.

한눈에 보기에도, 만져보기에도 틀림없는 스웨이드고 색 역시 원하는 대로 낼 수 있었다. 더 중요한 것은 원단을 PU로 사용하였음에도 드라이클리닝이 가능하다는 점이었다. 옆에 바로 놓고 보아도 진짜 가죽 스웨이드와 구별하기 어려울 정도였으니, 참 신기했다. 또한 진짜 가죽과 달리 일정 규격으로 나오기 때문에 제품을 만들 때 재단 손실조차 거의 없었다. 포개 놓고 자르면 10~15개를 한 번에 자를 수 있으니 의류 제조비가 가죽에 비해 1/5도 안 들었다. 경제적일 뿐 아니라 혁신적인 이런 발견에 내 마음 역시 두근거렸다.

아침에 출근하자마자 인조 스웨이드 제품을 설명서와 함께 미국의 거래처에 항공 메일로 발송했다. 당시는 항공 메일이 전송될 때까지 약 7~12일이 걸리던 시기였다. 그러던 중 거래처로부터 그토록 기다리던 전보를 받게 되었다. '일본으로 당장 갈 테니 거기서 만나 이 사업을 상의하자'라는 내용이었다. 제품이 정말 마음에 들었던 모양이었다.

나는 그 다음 주에 그들과 동경에서 맞나 상의를 시작했다. 그 미팅에는 나뿐만 아니라 공장 사장과 간부, 무역상 사장, 미국에서 온 거래처 등이 모두 참석했다. 총 생산량과 함께 첫 배송 일정, 그리고 가격 등 구체적인 상담을 끝내고, 미국에서 먼저 보낸 샘플의 드라이클리닝 결과를 기다리기로 했다. 이틀이 지난 후 미국에서 온 결과는 100점이었다. 드라이클리닝 이후에도 어떤 문제가 없다는 보고였다.

천연 가죽의 취약점을 모두 해결할뿐더러 보기에도, 만지기에도 천연 가죽이 갖고 있는 장점까지 있으니 세일즈 포인트로서는 더할 나위 없는 이점이 있었다. 그때부터 그저 일반 거래가 아닌

성공의 씨앗을 내 안에 심어라

생산량 전체를 사는 독점 계약을 맺었다. 워낙·새로 나온 제품이고 아직 판매실적이 미미한 상황이라 이 협상을 맺기까지는 그리 어렵지 않았다.

그때는 배로 선적을 하면 약 40일 정도가 소요될 정도로 오래 걸렸다. 패션 제품이란 시기가 아주 중요하므로 단 하루가 급한 상황이어서 모든 제품을 항공으로 선적하기로 결정했다. 하지만 당시 한국은 물론이고 일본에서 미국 NY로 가는 비행기 편 역시 별로 많지 않았다.

지금은 없어진 항공사이지만 당시엔 팬암 에어가 매일 NY로 가는 항공편이 있었다. 아마 이 비행기 화물칸의 50% 이상을 우리 제품이 차지했을 것으로 추측한다. 이로부터 약 2년간은 그야말로 노다지를 캐는 기분으로 열심히 거래를 할 수 있었다. 같은 물건을 같은 고객에게 생산되는 전량을 판매하고 있으니 나는 예정된 이익만 챙기면 되었으니 말이다. 이때가 내 인생에서 처음 금광을 찾은 시기라 할 수 있다.

그러나 세상에는 영원한 것은 아무것도 없는 것 같다. 어느 날 이 제품 공장에서 생산 수준을 두 배로 늘리겠다는 통보가 온 것이다. 물건이 워낙 잘 팔리니 욕심이 났던 모양이었다. 판매 독점권을 우리가 가지고 있으니 증산된 전 제품을 사가든가 아니면 다른 시장에 판매하도록 허가해달라는 요청이 왔다. 우리로서는 청천벽력 같은 소식이었다.

이 제품을 전량 팔 수 있었던 것은 제품의 우수성도 있었지만 희소성 때문이었다. 그 덕에 비싼 값에 팔 수 있었는데 생산량이 갑자기 늘어나면 판매도 어려울 뿐만 아니라 가격이 떨어지는 일은 자연스러운 수순이었다. 수일 동안 논의하면서, 현재 생산량의 150%를 넘기지 않는 선에서 전량 구매하는 조건을 내걸었다. 그 후 약 일 년간 거래를 지속할 수 있었다.

그러다 어느 날 미국으로부터 긴급 전문이 왔다. 출처는 모르지만 홍콩에서 같은 원단으로 만든 모조 완제품(Jacket and Lady's Franch coat)을 1/3 가격으로 미국에서 판매한다는 것이었다. 미국의 거래처, 일본의 판매자와 함께 당장 홍콩으로 달려가 조사를 해보니 다름 아닌 우리의 공급처에서 같은 원단을 홍콩에 공급하고 있다는 것을 알게 되었다.

그래도 우리가 독점권을 갖고 있으니 공장 대표와 이야기를 잘한다면 홍콩 공급 건을 바로 중단할 수 있을 것이라 생각했으나 이는 오산이었다. 그 대표는 우리와의 계약은 미국 시장만을 의미한 것이지 홍콩에 대한 건이 아니었다는 답변을 내놓았다. 계약사항을 면밀하게 읽어보면 그렇게 해석할 수도 있는 것이었다. 애석했지만 다른 방법을 찾을 수가 없었고, 미국의 의류공장에서는 더는 물건을 팔 수 없게 되었다. 그 좋던 금광을 아깝지만 폐쇄할 수밖에 없었다.

제품 공장 역시 그 후 9개월이 지나, 재고 누적과 판매 부진으로 결국 문을 닫고 말았다. 여기서 배운 것은 욕심이 과하면 아무리 좋은 사업이라도 수명이 짧을 수밖에 없다는 것이었다. 또한 세상은 어떤 형태로든 새로운 방향으로 계속 변하고 있음을 깨달았다.

이 경험을 통해 좋은 시기에도 다음 사업을 준비하는 법을 배웠으며, 여건이 가장 나쁠 때조차도 긍정적인 면을 보려 노력했다. 이 시기가 새 사업을 준비하는 최고의 시기라는 것을 깨달은 것이다.

인조 스웨이드 사업 시기

# Chapter 3

# 과감한 실행,
# 수출에 날개를 달다

# 버린 물건도
# 모두 쓰임이 있다

68년 월남전이 한창이었을 때다. 우리나라는 가진 것이 아무것도 없어서 수출하고 싶어도 팔 물건이 없던 시기였다. 한참을 고민하던 중 월남전에서 나온 탄피를 어디선가 가져오는 데가 있다는 이야기를 들었다. 그 출처는 확실히 모르지만 월남전에서 나온 탄피라면 양이 어마어마할 것이었다. 특정 업체가 공매한다는 소문을 듣고, 그 기회를 놓치지 말아야겠다는 생각을 했다. 사업성이 뛰어난 원재료라는 생각을 했기 때문이었다. 특히 탄피는 구리와 아연의 합금인 황동(놋쇠)으로 제작되는 제품이다.

구리 자체가 탄성이 뛰어나기 때문에 압력에도 크게 변형되지 않는다는 장점이 있다. 습기나 열에도 강하기 때문에 분명 좋은 재료가 될 것이라는 판단이 들었다. 그 탄피를 구입해 재떨이, 촛대 그리고 벽난로 부삽, 갈고리 등을 만들어 수출에 열을 올렸다. 더 나아가 사슴, 강아지 등 장식용 동물 인형을 만든 것이 큰 인기를 얻었다. 당시에 이름 있는 미국 백화점인 JC Penny 등에 많이 팔았는데 그 규모가 정말 어마어마했다. 수출을 시작한 이후 처음으로 많은 이익을 낼 수 있는 제품을 팔게 된 것이다.

제품은 한 곳이 아닌 청계천, 구로동, 안양, 부천 등에 위치한 작은 공장들에서 생산되었다. 가내 수공업과 같은 작은 공장에서도 해당 제품이 만들어졌는데 밀려드는 주문량을 감당하기 위해서는 하는 수 없었다.

전쟁에 사용된 탄피, 누군가는 쉽게 버려질 수 있는 굉장히 사소하고 쓸모없는 재료라고 생각할 수도 있다. 하지만 관점을 바꾸어 그 재료의 쓰임을 깊게 생각한다면 분명 새로운 기회가 될 수 있는 것이다. 사업가의 눈, 큰 시야로 세상을 보는 것이 중요하다는 걸 이 경험을 통해 배웠다.

# 자투리 필름과 우리만의 시사회,
# 넘치는 아이디어

정말 가진 것이 하나도 없다고 하더라도, 눈에 불을 켜고 찾으면 먹고 살 일이 생긴다. 일전에 서술한 탄피가 그랬으니 말이다. 당시 나는 돈이 되는 건 다 수출할 정도로 다양한 기회를 찾기 위해 노력했다. 내겐 영화도 그 중 하나였다고 할 수 있다. 전에 함께 일을 했던 권호창 씨 덕분에 한 사람을 알게 되었다. 할리우드의 한국인 감독이었던 스티브 한이라는 분이었다.

이분은 일반 영화를 만드는 게 아니라 광고 영화 등을 제작하는 감독이었다. 처음엔 한 씨로부터 영화용 필름을 수입했다. 이 필름은 미국의 영화 제작사들이 사용하고 남은 자투리 필름이었는데 한 씨는 이걸 공짜로 얻을 수 있었다. 당시 미국의 영화사들이 영화를 찍은 뒤 남은 필름을 그냥 버렸기 때문이었다. 대략 필름 한 롤은 1,000ft인데, 어느 날은 100ft만 쓰는 날이 있고 또 어떤 날은 900ft를 쓰는 날이 있었다. 몇 ft를 썼건 상관없이 폐품

처분을 하고 다음날 새로운 롤을 쓰는 게 보통이었기에 한 씨가 미국 영화 제작사들이 쓰다 버린 필름을 모두 수집하여 우리에게 판매한 것이다.

　남은 자투리 필름이었기에 정품 가격만큼 비싸지 않았고 우리끼리 상의하여 동의하면 그것이 바로 가격이 되었다. 정품에 비해 한참 싼 가격이었으니 인기가 대단했고 물건이 없어서 못 팔 지경이었다. 이 필름 대부분은 신상옥 감독과 인연을 맺은 뒤 팔게 되었고, 이것이 내가 영화 사업에 뛰어든 계기가 되었다.

　당시 외국영화를 수입하려면 두 가지 조건 중 하나는 꼭 충족해야 했다. 하나는 한국에서 반공 영화를 제작해 국내에서 상영하는 경우와 다른 하나는 한국 영화를 수출해서 해외 극장에서 삼십일 이상 상영을 하는 조건이었다. 당시 한국 영화는 반공 영화가 대부분이라 사실 흥행으로서는 가치가 없었는데, 외국에서 상영하면 수입권이 나오니 사실상 그걸 노리고 해외에서 영화를 상영한 것이다.

　나는 영화를 받아서 미국으로 곧바로 보냈다. 정상적이라면 돈을 받고 보내야 했지만 오히려 돈을 주고 상영하는 조건을 내걸었다. 영화도 공짜로 주고 돈까지 줬으니 미국에서는 반기지 않을 일이 없었다. 관객들이 보고 안 보고는 큰 문제가 아니었다. 영사관에서 상영했다는 도장만 받으면 수입권을 받을 수 있었기 때문이었다. 그야말로 영화 수출 산업의 시작이었다. 하지만 곧 미국에서 한국 영화 상영을 원하지 않았기에 이 방법도 그리 오래 지속되지 않았다.

또 이렇게 돈을 들여 수입권을 얻더라도 어떤 영화를 수입할지 선택의 문제가 있었다. 당시 수입업자들은 일본에서 영화를 보고 수입해 올 영화를 선택하던 때였으니 국내 영화의 경쟁력이 상대적으로 떨어지는 것은 자명했다.

고민하다 나는 전혀 다른 방법을 생각해 냈다. 문제가 생겼을 때 포기하기보다 남들이 안 하는 기발한 방법을 생각해 내는 것이 나의 스타일이었다.

곧장 미국에서 팔고자 하는 영화 300여 편을 한국으로 수입하여 서울 세관에 보관했다. 그 뒤 세관에서 검사하는 시간에 맞추어(당시 모든 영화는 통관 전에 세관에서 비공개 시사회를 해야 했다) 틀었고, 소비자들(영화 수입업자 또는 극장주인)이 스스로 결정하도록 기회를 주고 있었다. 그래서 세관에서 비공개 시사회를 할 때 감독 등 영화 제작자들이 같이 볼 수 있도록 부탁해 극히 제한된 인원이 관람할 수 있도록 허락을 받아냈다. 그러나 한 편의 영화도 선택되지 않았다.

비용은 계속해서 발생되었고, 선택된 영화는 없는 악순환이 이어졌다. 그래서 결국 해당 사업을 접고 할 수 없이 다 돌려보내는 것으로 결정했다. 웬걸. 보낼 때 또 관세를 내야 한다는 청천벽력 같은 소리를 들었다. 결국 돌려보내는 비용까지 포함해서 손해를 꽤 많이 봐야 했다. 아이디어는 좋았는데 구체적으로 실행해보니 막상 실효성이 없었던 것이다. 하지만 한 가지 아이디어가 먹히지 않았다고, 그대로 모든 것을 포기하는 것은 내 삶의 스타일과는 맞지 않았다. 이 일은 내가 영화 제작 산업에 새롭게 발을 들이는 계기가 되었다.

# 영화, 방송사 외화 시리즈…
# 또 다른 실패의 교훈

영화 사업을 꾸준히 진행하는 동안 난 신상옥 감독님과 꽤 가까워진 상태였다. 그러던 중 미국의 영화 제작자가 새로운 제안을 보내왔다. 제작에 필요한 한국에서의 모든 절차와 과정 및 허가는 우리가 하고, 제작, 감독, 촬영 배우 등은 미국의 파트너가 하는 것은 어떨지 제안해왔다. 상세 내용은 푸에블로호의 스토리를 영화화하자는 것이었다. 우리는 곧 국내에서 필요한 절차를 시작했다.

당시는 푸에블로호 사건이 난 지 약 1년쯤 지난 때였다. 곧 스티브 한이 토니 워드라는 미국의 영화 제작자('TORA, TORA, TORA'의 제작자)를 섭외해 이 사건을 다룬 영화를 한국에서 제작하는 걸로 합의했다. 영화 촬영 준비 작업이 착착 진행되었다. 군도 섭외했고 서울시와도 협의가 끝난 뒤라 성공적으로 흘러가는 것처럼 보였다. 그런데 갑자기 문화공보부에서 퇴짜를 놓는 건 뭔가. 북측의 내용을 다뤄선 안 된다는 것이었다. 가상으로 보여줘도 안 된다는 강력한 답만이 계속될 뿐이었다. 결국 제작 도중 우리는 포기해야 했다.

영화 수입도 제작도 실패한 상황에서도 우리는 그만둘 수는 없었다. 그래서 또 시작한 게 외화 TV 시리즈 수입이었다. 스티브 한이 '보난자', '전투' 등의 시리즈를 섭외해 내가 TBC에 파는 역할을 맡았다. 시도했던 영화 사업은 모두 실패로 돌아갔지만 반대로 엔터테인먼트 사업의 새로운 가능성과 꿈은 확실히 맛보았던 것이다. 결과적으로 내가 이 사업을 시작하게 된 것은 분명 스티브 한의 역할이 컸다. 거듭된 실패에도 불구하고 계속해서 미국의 연예인들을 섭외해 오는 의지를 보였다.

그중 한 명은 당시 인기 절정이었던 앤 마가렛이었다. 한국일보에서 홍보를, 이화여대 강당에서 공연을 하기로 한 뒤 그녀를 한국으로 초청했다. 당시 출연료 규정은 정해져 있었는데, 가령 외국 연예인이 한국에 왔을 때 줄 수 있는 최대한의 금액이 5천 달러였다. 하지만 당시 인기가 높았던 앤 마가렛이 5천 달러에 올 사람이 아니었다. 고민하다가 그녀의 매니저와 상의해 미 8군 위문 공연을 하는 것으로 한국 방문 계획을 잡아보았다. 그 뒤 이틀 간의 추가 여행 일정을 잡아 시민회관이나 장충공원으로 초청해 일반 공연을 하는 계획을 짠 것이었다. 계획이 순조롭게 진행되는 듯 보였다. 앤 마가렛과 함께 장충공원을 갔는데, 전혀 예상치 못했던 일이 벌어졌다.

우리가 생각하기엔 장충공원이 위치도 좋고 남산의 경치와도 잘 어울려서 상당히 좋아할 줄로 기대했었는데, 앤이 장충공원을 둘러보더니 이곳에선 공연할 수 없다고 하는 것이 아닌가. 음향 장치가 없다는 이유 때문이었다. 사실 앤의 피드백을 받기 전까지는 되도록 많은 인원을 수용할 수 있는 공연장과 관객만 있으면 된다고 생각했다. 갑자기 음향 장치에 대한 의견을 들으니 어찌해야 할지 몰랐다. 망연자실할 수밖에 없었다.

이미 한국일보에서는 대대적으로 공연 홍보를 했고 크리스마스가 가까운 연말이라 사람들도 모두 들떠있었다. 음향 장치 문제로 엎어진 공연이라니. 갑자기 취소 통보를 해야 한다는 사실에 망연자실할 수밖에 없었다. 급히 앤에게 이화여대 강당과 시민회관을 제시했지만 이런 환경에선 공연을 할 수 없다고 딱 잘라 말할 뿐이었다.

그녀는 본래 목적이었던 미 8군에서의 위문 공연만을 수행한 채 고국으로 돌아갔다. 또 손해를 보고 말았다. 앤 마가렛 일행의 1등석 비행기표에 호텔비까지 그냥 날린 셈이었다. 다시 돌아보니 내 계획에 분명 잘못이 있었다. 엔터테인먼트 사업 경험이 없다 보니 음향 시설 등 제반 준비사항을 생각하지 못했기 때문이었다. 마이크와 스피커만 있으면 될 줄 알았는데 말이다. 준비가 미비했음을 깨닫고 나는 실패를 겸허히 수용해야 했다.

사업 초반엔 유명 연예인만 초청하면 엔터테인먼트 사업을 할 수 있을 것으로 착각했다. 하지만 이 사업은 음향 장치부터 무대

컨디션까지 꽤 많은 부분을 섬세하게 준비해야 하는 일이었다. 얕보고 덤볐다가 큰코다쳤다는 생각이 들었다. 그제야 난 '역시 송충이는 솔잎을 먹고 살아야 하는구나'라는 것을 깨우치게 된 셈이었다. 그렇지만 영화, 엔터테인먼트 사업의 경험을 후회하지는 않는다.

이 경험을 통해 어떤 사업이든 철저히 준비해야 한다는 것을 배웠으며, 무슨 일이든 함부로 도전하기보다는 충분한 연구와 해당 산업에 대한 이해가 선행돼야 한다는 점을 깨달은 것이다. 실패한 대로 또 다른 가치를 배웠다고 생각한다. 물론 많은 시간, 돈을 잃었지만 실패한 경험 역시 다음 성공을 위한 준비라고 생각하면 마음이 편하다. 내가 다시 본업인 수출에 전념하는 계기가 되었으니 말이다.

성공의 씨앗을 내 안에 심어라

# 수출 아이템의 순환,
# 뱀장어와 송이버섯,
# 그리고 횡편기

무역 일을 하는 도중에 모리라는 일본 사람을 알게 되었다. 해방 전에도 한국에 살았던 사람이라 한국을 아주 잘 아는 사람이었다. 이분이 전국을 돌아다니며 두 가지를 찾아냈는데, 하나는 자연상 뱀장어 또 하나는 천연 송이였다. 그런데 이 사람은 한국에서 물량을 모으고 일본으로 보내주는 모든 과정을 관리할 사람을 찾고 있었다. 당시 무역회사가 많지도 않았던 데다 수출입 절차가 워낙 복잡하여 믿을 만한 현지인이 꼭 필요했던 차에 서로가 만나게 된 것이었다.

지금은 대부분 양식으로 뱀장어 사업을 하고 있지만 그때는 양식을 하지 않을 때였고, 또 하고 싶어도 전문 기술이 없던 시기였다. 수출하려면 일정한 양을 확보해야 하는데 그럴 때가 한 해 1~2주일밖에는 없었다. 영산강 지류에 농사용 방죽, 즉 저수지가 많은데 거기서 뱀장어를 잡았다. 이 시기에 장어를 잡는 것은 아주 간단했다.

논에 물을 대기 위해 방죽의 물을 뺄 때 수문에 그물만 대고 있으면 그냥 잡히는 아주 간단한 원리였다. 문제는 일본으로 산 채로 가져가는 일이었는데, 그 방법 역시 일본인이 알려주었다. 수문은 보통 밤에 연다. 그런데 그걸 한꺼번에 여는 게 아니라 나눠서 여는 것이다. 저수지에서 물을 빼는 것은 장어를 잡기 위한 것이 아니고 못자리에 물을 대기 위한 것이니 물 빼는 시기에 장어를 잡아야만 했다.

물을 빼는 시간을 맞추기 위해선 마을 이장님하고 협의하는 과정이 꼭 필요했다. 이렇게 어렵게 수집한 장어를 컨베이어 벨트에 얹어 놓고 찬물로 샤워를 시키는데 그러면 뱀장어가 열두 시간 정도 움직이지 않고 잠을 자는 놀라운 현상이 벌어진다. 그 시간을 놓치지 않고 우리는 포장을 해서 일본으로 보냈다.

자세한 과정은 다음과 같다. 우선 장어를 비닐봉지에 물 없이 넣어서 종이 상자에 옮긴다. 그러면 새벽 2~3시쯤 되는데 그때 빠르게 차에 실어 김포공항으로 옮겨야만 한다. 당시 일본으로 가는 비행기가 하루 두 편밖에는 없었기에 절대 놓치면 안 된다. 그 시간을 놓치면 어렵게 잡은 장어가 다 죽기 때문이다. 초를 다투는 그 과정을 끝내고 몇 시간 후에 일본에 연락을 취한다. 일본에 도착한 장어는 곧바로 물에 집어넣는데 여기서 또 중요한 게 있다.

보낸 장어 중 85%만 살고 15%는 거의 죽는다. 그래서 나머지

성공의 씨앗을 내 안에 심어라

85%만 일본에 제값을 받고 판매하는 것이다. 나머지 죽은 장어 15% 정도는 헐값으로 처분할 수밖에 없다. 이렇게 판매된 총액에서 30%를 수익으로 떼고 나머지를 한국에 보냈다.

따라서 일본에 도착한 장어들이 얼마나 살아있는 줄 모르니 돈을 받을 때까지 얼마를 받는지 모르고 주는 대로 받는 것이다. 그걸 뱀장어가 가장 활발하게 활동하는 시기인 한 해 딱 이 주일 정도를 했다. 새벽 2시에 나와서 작업해 11시 또는 1시 비행기로 실어 보내고 오후쯤 돈을 받으면 나누어 마을에 전해주는 일을 반복했다. 복잡하면서도 신기한 일이다.

뱀장어 시즌이 어느덧 지난 뒤, 품목은 다르지만 거의 비슷한 절차를 밟는 가을 상품인 천연 송이 수출이 약 한 달간 이어진다. 먼저 강원도에서 아주머니들이 천연 송이를 채취한 뒤 새벽 열차에 실어 서울로 보내준다. 성동역에 천연 송이 박스가 도착하는 시간이 새벽 6시 정도 되는데, 그걸 받아서 사무실에서 수출용으로 재포장을 하는 과정을 거친다. 뱀장어처럼 송이를 비닐에 넣어 상자에 넣고 그걸 김포공항에서 수출하는 것이다.

한국산 송이가 일본보다 약 한 달 정도 일찍 나기 때문에 그 시기에는 인기가 많다. 예를 들어 한국의 천연 송이는 9~10월, 일본은 10~11월이 성수기이기 때문에 한 달 바짝 열심히 수출할 수 있는 것이다. 이 사업 역시 일본인이 준 현지 정보 덕분에 할 수 있었다. 가장 건강하고 맛있는 천연 송이 산지는 내가 직접 발품을 팔아 찾아보았다.

송이를 보낼 때 역시 중요한 게 있다. 평균적으로 하루에 송이를 수집할 수 있는 양이 100kg에서 많으면 300kg 정도 된다. 그런데 보낼 때는 100kg 운송료를 내고 보내는데 일본에 도착하면 80~85kg으로 줄어 있는 것이다. 처음엔 의아했는데, 알고 보니 송이에 있는 수분이 날아가서 자연적으로 무게가 감소했던 것이다. 앞서 말했던 뱀장어처럼 원가 계산이 제대로 되지 않는 품목 중 하나였다. 일본에서 팔리는 대로 주고 받을 수밖에 없는 알쏭달쏭한 구조이기도 했다.

대금 회수 절차는 비교적 간단했다. LC가 열려 있으니 그쪽에서 얼마라고 승인해주면 우리가 주로 거래하던 은행에서 찾아가곤 했다. 특정한 시즌에만 만나볼 수 있을 뿐 아니라, 원가 계산도 애매한 부분이 있었던 뱀장어와 송이는 내가 약 2년 정도만 취급했다. 수출하는 동안 한국에서 뱀장어 사업을 하는 농가가 많아지고 국내 수요가 많아지니 수출이 필요 없어진 것이다.

그럼에도 나는 내게 새로운 사업의 기회를 제공해준 일본인에게 큰 고마움을 느낀다. 현지의 사정과 틈새시장을 알았기에 내게 제안을 해주었고, 나 역시 그 기회를 활용할 수 있었다. 세상에 영원한 것은 없다. 계절이 바뀌면 겨울이 지나고 또 봄이 오듯 수출 사업 아이템 역시 계속해서 변화한다.

그와 일하다 또 다른 사업 기회를 엿보았는데, 그건 바로 자동 뜨개질 장치인 횡편기였다. 그는 당시 일본 현지에 많이 보급되어 요꼬라 불렸던 횡편기(FLAT KNITTING MACHINE)를 가져와 내

성공의 씨앗을 내 안에 심어라

게 보여주었다. 횡편기는 실뜨게질(acrylic) 실을 기계에 연결하고 손잡이를 좌우로 밀면 직물이 짜여 나오는 일종의 자동 뜨개질 장치였다. 처음 보는 물건에 꽤나 놀랍고 신기했던 것도 같다.

그는 횡편기를 일본에서 들여와 한국의 가정에 하나씩 보급하는 일을 제안했다. 실을 각 가정에 준 뒤, 가정에서 짠 스웨터를 약속된 가격으로 수거해 수출하는 사업이었다. 기곗값은 저렴해 몇 차례 나눠서 받는 구조였다. 대규모 공장이 세워지기 전까지 한동안 한국의 저소득층 가정에 그 기계가 없는 집이 없을 정도였다. 그것이 저소득 가정 경제에 큰 도움이 되었으니, 지금 생각해 보아도 참 뿌듯한 일이다.

다년간의 수출 경험을 통해 나는 생산의 흐름을 읽는 일, 사업 아이템 발굴과 같은 능력을 쌓아왔다. 결국 자연스레 생산 전문가가 되었다. 무수한 도전과 실패, 그리고 경험을 통해 스스로 체득했던 이치가 지금의 나를 만든 것이다. 그 결과를 바탕으로 필요하다고 판단되면 누구보다도 빨리, 효율적으로 아이템을 잘 만들어낼 수 있다고 자부한다. 그게 무수한 사업가 중 내가 살아남을 수 있었던 경쟁력이자 무기와도 같다. 아무것도 가진 것 없던 바닥부터 시작했기 때문에 상품과 시장에 대해 이해가 누구보다 빨랐던 것이다. 현재는 인터넷이 발달해 판매 방식과 생산 방식, 거래처를 찾는 방식이 많이 달라졌다고도 생각한다. 하지만 늘 새로운 기회에 대해 열려 있는 마인드, 사업적 안목 등은 꼭 갖추어야 할 기본이라고 생각한다.

# 밀물에 들어온 대합은
# 병사들의 고깃국이 되고

　그러던 중 또 하나의 새로운 사업 기회를 개발해 국가에 제안했다. 당시엔 나라 전체적으로 재화가 부족했을 때다 보니 정부, 군 사정 역시 넉넉하지 않았다. 그래서 인력과 장비를 갖추고 있는 군부대들은 원래 임무와 관련이 없는 한 수익사업을 하는 것이 합법적이었다. 매번 군대에서 군인들이 벼와 보리를 심어 농사를 지을 수는 없었지만, 하루에 몇 시간, 일주일에 한두 번 정도 노동력을 제공하는 특정 사업에는 자주 차출되곤 했다. 기회를 엿보다 제안한 이 사업은 정부와 군 모두에 큰 도움이 되었다.

　김포와 임진강 하류를 경비하는 해병대의 사령관을 섭외해서 갯벌에서 대합을 채취해 일본으로 수출하는 작업이었는데, 꽤 유망한 사업이었다. 당시 이 지역은 민간인 출입 금지구역이었고, 서해는 간만의 차가 심해 밀물이 들어왔다가 빠지면 갯벌에 수많은 대합이 널려 있게 되었다. 대합이 그대로 방치되었다가 다시 썰물에 쓸려가기

　　　　　　　　　　성공의 씨앗을 내 안에 심어라

전에 빠르게 담아 줍는 일이었다. 하루 훈련이 끝난 병사를 1~2시간 동원하여 일을 하는데 대합을 가마니에 주워 담아 상품화했다.

이렇게 주워 모은 대합은 하루에 한두 트럭씩의 양이 되었고, 꽤 적지 않은 돈을 벌 수 있었다. 자연이 제공해주는 작물을 팔아 또 다른 재화를 만들어내는 과정이 이 얼마나 아름다운가. 이 돈으로 군부대는 모자란 부대 운영비를 보충할 수 있었다. 이 작업이 있는 날은 병사들 역시 고깃국을 맛볼 수 있었으니 모두에게 좋은 일이었다. 구슬땀을 흘린 뒤 맛있게 식사를 하고 있는 장병들을 보면 옛 청춘의 시간이 떠오르기도 하고, 가슴 속 나라에 대한 깊은 울림이 남모르게 차오를 때도 많았다.

당시 나는 나뿐 아니라 이웃, 더 나아가 나라를 위해서 어떠한 역할을 할 수 있을지 늘 고민하고 있었다. 어릴 적, 우리나라를 부강하게 만들고 싶다는 순수한 마음으로 수출산업에 뛰어들어 외화를 벌어들였고, 다양한 사업 아이템을 발굴하며 기회를 넓혀 나갔다. 가진 것 없이 시작했어도, 내 능력껏 최선을 다했더니 기회는 절로 따라왔다.

나는 사업은 요리사가 요리하는 것과 비슷한 과정이라 생각한다. 똑같은 재료, 시설, 그리고 같은 장소와 시간이 주어지는데도 요리의 결과물은 다 다르지 않은가. 주어진 사람을, 기회를, 운과 재화를 어떻게 활용할 것인지 늘 고민하고 또 해결방법을 치열하게 연구해야 한다. 같은 현상을 보고도 아이디어를 생각해 내는 사람이 있는가 하면, 그저 흘려보내는 사람이 있으니 말이다.

## 집념의 불쏘시개용
## 대형 성냥

당시 거래하던 미국의 웨스트우드라는 수입상에서 갑자기 성냥을 만들어달라는 요청이 왔다. 그런데 이 성냥이 참 독특했다. 흔히 우리가 생각하는 담뱃불 붙일 때 쓰는 성냥이 아닌 길이가 삼십 센티미터 정도로 길고 굵기는 가느다란 나무젓가락 모양을 하고 있었다. 성냥을 열 배 정도 키운 것처럼 생겼는데 처음에는 무엇에 쓰는 물건인지 전혀 몰랐다. 지금처럼 인터넷이 활성화되어 있다면 금방 알 수 있을 텐데 그 당시는 어디 찾아볼 곳도 없었다. 원하는 사양으로 제작만 해준다면 바로 사겠다고 하니 나는 직접 만들어 팔면 되겠다고 판단했다. 알고 보니 외국서 비비큐를 하거나, 벽난로에 불을 붙이기 위한 성냥이었다.

거래처에서 샘플을 보내왔는데 역시나 메이드 인 재팬이었다. 내게 제안을 한 이유 역시, 이전과 동일하게 일본 제품과 품질은 같되 단가를 낮출 수 있냐는 것이었다. 그때부터 성냥을 공부

성공의 씨앗을 내 안에 심어라

하기 시작했다. 우선 샘플을 가지고 성냥 공장을 찾아다녔다. 당시 제일 큰 업체였던 부산의 유엔 성냥을 찾아갔다. 그런데 그 업체 직원은 나를 쳐다보지도 않았다. 성냥에 대한 국내 수요가 이미 너무 많아 생산 물량이 부족한 상황인데 갑자기 생산해본 적도 없는 제품 개발에 신경 쓸 이유가 없다는 것이었다. 더욱이 국내에 파는 것만으로도 충분한 시점에 수출까지 해야 할 당위성을 느끼지 못하고 있었다.

덧붙여 본인은 새로운 제품 개발을 해 수출을 하지 않아도 영업 이익이 전혀 문제가 없음을 강조했다. 대상을 바꾸어 작은 규모의 공장을 찾았다. 수원에 있는 작은 공장이었는데 이름도 없는 공장이었다. 그런데 그 작은 공장조차도 일반 성냥을 수작업으로 만들지 않았다. 전부 자동화된 공정을 갖고 있었다.

간단한 공정이긴 했지만 당시 모든 산업이 엉망진창이 되어 있을 때라 그런 작은 공장이 자동으로 성냥을 만들 거라는 건 꿈에도 생각하지 못한 것이다. 나무를 잘라서 머리 부분에 황을 바르는 것, 심지어 성냥갑을 만드는 것도 모두 자동화되어 있었다. 성냥갑에 들어가는 성냥 개수 역시 거의 정확했다.

사람이 하는 일이라고는 단순히 성냥갑을 모아 박스에 넣는 것뿐이었다. 한참 고민하다 직접 대표를 만나봐야겠다는 생각이 들었다. 규모가 작은 공장이었기에 직접 대표를 만나 이야기할 수 있었다. 샘플을 보여준 뒤, 혹시 가능할지에 대한 여부를 확인했다. 앞에 갔던 성냥 공장과 비슷하게 대표는 지금 만드는 물량도 충분한데 또 다른 제품을 만드는 것에 대해 회의적인 입장을 보였다. 이처럼 초반에 시큰둥해했던 대표는 나의 기나긴 설득 끝에 결국 마음을 돌렸다. 시제품 생산에 들어간 것이다.

당시 시제품을 넣을 성냥갑은 정식으로 마련되어 있지 않았다. 우선 손으로 상자를 만들어 시제품을 넣어 미국에 보냈다. 제품의 대략적인 사양과 함께 단가를 정리해 보냈더니 바로 거래처에서 긍정적인 반응이 왔다. 제안한 품질과 가격이 그대로 승인된 것이다. 이번 거래 역시 발품을 팔고, 노력을 통해 이뤄낸 것이기에 또 다른 기쁨으로 다가왔다.

이후 첫 주문을 받았다. 추가적으로 프린트 공장을 섭외해야 하는 시점이 온 것이다. 이 제품 자체가 기존에 있던 제품이 아니라, 새로운 규격으로 생산되는 것이기에 시중의 공장에서 사용하는 자동 포장기는 쓸 수 없었기 때문이었다. 그렇다고 기존 공장에 새로운 프린트기를 설치할 수도 없었다.

우선 외국에 수출하기 위해서는 성냥갑 겉에 제품 이름, 정보, 사양 등을 인쇄하는 작업이 이어져야 한다. 미국 공장에서도 성냥갑에 인쇄할 도안이라며 필름 네 장을 보내왔다. 그런데 또 문제가 생겼다. 필름이 김포 세관에 도착했다기에 찾으러 갔는데 통관을 안 해주는 것이었다. 알고 보니 당시 법 규정 때문에 인쇄물이 못 들어오고 막혀 있었던 거였다. 세관에서도 필름의 용도에 대해서는 충분히 납득하지만, 규정 때문에 안 된다며 단호한 입장을 보였다. 제품은 다 만들어놨는데, 성냥갑 박스를 만들지

　　　　　　　　성공의 씨앗을 내 안에 심어라

못해 수출하지 못하니 정말 괴로웠다. 흐르는 시간이 야속했다. 거래처와의 약속을 지키기 위해 세관에 사정하고 애원하는 등 별 짓을 다 해보았지만 해결되지 않았다.

분명 정부와 기업들 모두 수출에 열을 올릴 때였고, 정부에서도 금융 지원등 모든 방법을 동원해서 수출을 장려하는 시기였다. 하지만 어느 부분에서는 아직 옛 마인드와 절차, 구시대적 관습을 따르려는 모습이 있었던 것이다. 공동의 목표를 위해 유기적으로 협력해도 수출량을 늘릴 수 있을지 의문이 드는 마당에, 어느 부분에서는 협력이 되지 않아 이러한 손해를 감수해야 했다.

그렇게 일주일 간 세관에서 이야기하다가 결국 회유하기에 이르렀다. "실제 정부는 수출을 적극적으로 장려하는데, 왜 세관에서 막고 방해하는 것이냐. 이건 부당하지 않느냐"는 내용으로 구구절절이 나의 사정을 설명했다. 결국 세관에서는 허락을 해주었다. 세관에 와서 사정을 내내 이야기하는 내가 귀찮았는지, 업무에 몰입할 수 없어서 그랬는지는 몰라도 결국 그들이 의견을 굽힌 것이었다.

그런데 웬걸. 세관에서는 필름에 관세를 엄청나게 부과했다. 규정대로 하면 인쇄용 필름은 인치로(squire inch) 계산하는데, 필름 디자인마다 넉 장으로 생각하니 매뉴얼대로 계산하면 3,000달러가 넘게 된 것이었다. 이대로라면 배보다 배꼽이 더 큰 상황이 되니 그대로 진행할 수 없었다. 포기하지 않고 또 세관에서 상의하고 의견을 관철시키기 위해 애썼다. 정부에서는 수출을 장려하는 분위기로 기업인들을 독려하고 상을 주는 실정인데, 가장 기본적인 단계인 관세에서 가로막힌다면 그 어떤 기업인이 수출에 도전할 수 있겠느냐며 입장을 설명했다. 더욱이 세관이 광범위하게 해석한 부분이 있음을 지적했다.

본래 인쇄물이라고 하면 프린트가 되어 활자(간행물)가 있는 것이 일반적이다. 하지만 실제 내가 거래한 것은 박스 형태에 좀 더 가까운 디자인이었기에 간행물 카테고리에 포함하기엔 무리가 있었다. 이처럼 다양한 이유로 포기하지 않고 꾸준히 설득하니 결국 세관에서도 한 필름(네 장)을 하나로 묶어 최종 통관하는 것을 허락했다.

관세는 대폭 삭감됐지만, 그래도 디자인당 300 달러나 부과되었다. 당시의 물가로도 상당히 비싼 돈이었다. 완제품 성냥 한 상자에 1.8~2달러가 수출가격이었는데 필름 하나의 관세가 300 달러니, 이 비용이 얼마나 컸는지 짐작 가지 않는가. 미국에 불쏘시개용 대형 성냥을 수출하기까지 이렇게 여러 우여곡절이 있었다. 하지만 그럼에도 포기하지 않았던 이유는 조금만 더 노력하고 상대를 설득한다면 분명 목표를 이룰 수 있을 것이라는 자신감이 있었기 때문이었다.

비합리적인 제안을 그대로 수용하지 않고, 논리정연한 말로 설득하고 굳은 집념으로 의견을 주장했기에 당시의 사업이 원활하게 이루어질 수 있었다고 생각한다. '말 한마디로 천 냥 빚을 갚

성공의 씨앗을 내 안에 심어라

는다'는 말이 있다. 만일 누군가의 마음을 돌리고 싶은 일이 있다면 명확한 주장과 그에 맞는 근거 있는 말로 확실히 나를 어필해야 한다.

# 쌓아온 경험은 배신하지 않는다,
## 중동과의 첫 거래

비슷한 시기에 석유 파동이 발생했다. 중동 내에서 석유 가격을 올려 쓸어 담은 돈을 국민들에게 보조금으로 나누어주었고, 자연스레 국민들은 부자가 되었다. 시기상 국내에 들어오는 중동 사람들이 많아질 때였다. 한두 명도 아니고 무리를 지어 단체로 들어오는데 그들은 전부 현금을 들고 들어왔다. 그것도 한 명당 백만 달러 이상, 한 그룹을 보았을 때 천만 달러가 훌쩍 웃도는 비용을 가지고 국내에 들어오고 있었다.

이미 유명한 큰손답게 그들은 물건을 보는 대로 다 사갔다. 당시 중동지역에는 생활용품이 거의 없을 때였다. 이전엔 캐러밴 생활을 해서 집이 제대로 갖춰지지 않은 상태에서, 급속도로 고속도로와 아파트를 건설하면서 국민이 생활하는 데 필요한 물건이 많아지고 있었다. 빠르게 높아진 생활 수준을 맞추기 위해 그야말로 수요가 폭발했다.

성공의 씨앗을 내 안에 심어라

중동 사람들은 품목을 따질 것 없이 모든 물건을 다 사 갔다. 당시 중동 사람들이 유럽과 거래를 하고 있었지만 이는 너무도 고가품이었고 일반 사람들이 쓸 생필품은 한국, 일본, 대만 등의 세 나라에서 구매하는 것이 일반적이었다. 그중에서도 그들은 뛰어난 제품력과 합리적인 가격이라는 이유로 한국에서 많은 생활용품을 구매해갔다.

특히 이들이 내게 요청한 건 일반 사람들이 머리에 쓰는 베일 용 폴리에스터 원단이었다. 그 뒤 프라이팬, 냄비, 식기류, 컵 등이었는데 그들이 필요하다는 제품이 있다면 바로 공장에 데려갔다. 공장에 가서 일일이 모양을 고르고 주문을 넣었다. 이때, 약간의 차이가 있었다면 중동의 상거래 형태였다. 본래 그런 것인지는 모르지만 우리는 생산자와 수출업자가 대개 분리되어 있어 공장가격에 일정한 경비, 적정이윤까지 합해져 수출가격이 형성되는 것이 일반적이었다. 하지만 이들은 막무가내로 가격 할인을 주장했다. 심지어 공장가격에서 더 깎은 뒤 주문하는 것을 제안하곤 했다. 당혹스러울 수밖에 없었다.

그럼에도 불구하고 내가 쉽사리 거절하지 못했던 이유는 구매 수량 자체가 어마어마했기 때문이었다. 십여 명, 더 나아가 단체가 공동 구매를 하는 격이니 이건 분명 그들의 무기가 될 수 있었다. 한 사람이 100개만 사도 전체 수량은 1,000개가 넘으니 제품에 따라서 주문 양을 늘리는 것 자체도 아주 쉬운 일이었다. 중동 사람들은 이 점을 내세워 정말 저렴하게 공장 제품을 사 갔다.

공장도 분명 그렇겠지만 내가 더 난처한 입장이 될 수밖에 없었다. 내게 떨어지는 마진이 없다고 거래를 망치면 공장이 큰 주문을 받을 수 있는 기회를 놓치게 되지 않는가. 실제로 중동 사람들은 한국뿐 아니라 다른 나라에서도 구입을 하고 있었기에 나의 잘못된 판단으로 좋은 소비자를 놓칠까 두려웠다. 그들에게는 대체할 수 있는 선택지가 많았던 것이다. 결국 나는 나의 이익을 포기하는 쪽을 택했다.

그러나 다행스럽게도, 올바른 생각을 갖고 일하면 어떻게든 살 궁리가 생기는 것 같다. 중동에 수요가 폭증했기 때문에 당시엔 짐을 나를 배도 턱없이 부족했고, 설사 배를 구한다 하더라도 상대국 항구에 적체가 심해 하역을 위해 40~60일 이상 기다리는 게 다반사였다. 그래서 운임은 부르는 게 값이었다.

세상일 모두 '뛰는 놈 위에 나는 놈 있다'라는 말이 있지 않은가. 중동 사람들은 물건값을 깎는 것은 확실히 알았지만, 이를 어떻게 남보다 빠르게 갖고 갈 수 있는지에 대한 전략은 전무했다. 다년간의 수출 경험으로 나는 선박회사를 많이 알고 있었으며 그 절차 역시 잘 알고 있었다. 이전에 빵 바구니를 수출하는 동안 거래했던 선박회사로부터 특별한 대우를 받고 있었기에 타 회사보다 선박의 확보도 분명 쉬웠다. 운임 역시 대폭 저렴하게 할 수 있어서 상품판매에서 잃은 이익을 모두 복구하고도 남을 정도의, 몇 배 이상의 이익을 창출할 수가 있었다.

그런데 이것으로 문제가 다 해결된 것이 아니었다. 그야말로

성공의 씨앗을 내 안에 심어라

산 넘어 산이었던 것이 당시 외환관리법 때문에 수출 대금을 현금으로 받을 수가 없었던 것이다. 현금을 받으면 선적 서류를 만들 수 없었기 때문이다. 계약서까지 만들었는데 돈을 받을 수 없는 상황에 이르렀다.

은행에 가서 현금을 맡기고 신용장을 열도록 권유했더니 이들이 노발대발하며 내돈이 위조지폐도 아닌데 왜 안 받겠냐고 따지지 않는가. 다른 사람들은 받는데 왜 당신만 안 받느냐는 것이었다. 국내 제도가 그렇고 큰 금액은 못 받는다고 설명을 하고 그들을 설득하여 뱅크 오브 아메리카 지점에 데리고 갔다. 지점장은 미국인이었다. 그래서 사우디에서 온 열세 명, 지점장, 그리고 나와 셋이서 약 네 시간 가량의 이야기를 한 끝에 돈을 맡기고 신용장을 열기로 했다. 다른 곳에서 구입한 것까지 모든 신용장을 열게 되었다.

그런데 신용장을 여는 과정에서 또 문제가 생겼다. 신용장을 열기 위해선 신청서를 써야 하는데 중동 사람들이 그런 걸 한 번도 써본 적이 없는 것이었다. 지원서야 내가 대신 작성해주면 되는 것이었지만 정작 문제는 이 사람들이 주소가 없는 것이었다.

사는 지역이 일정치 않다 보니 전부 주소가 없었다. 수신자의 주소가 없는 상태에서 유가 증권 발행은 불가했다. 당황해하는 내게 중동 사람들은 걱정하지 말라고 했다. 왜냐고 물으니 그 사람들은 본인의 도시에 있는 은행에 서류만 도착하면 찾을 수 있고 절대 섞이지 않을 터이니 걱정하지 말라는 것이었다. 나로서는 도무지 이해가 가질 않는 상황이었다.

당시 중동 사람들 이름은 스무 단어씩 되었다. 한 네 단어 정도면 써도 누구 아들, 누구 아들 등으로 인식되어 다 안다고 하니 믿을 수밖에 없었다. 사실 그 사람들의 돈이니 나는 걱정할 일이 없었다. 그래서 리야드 또는 제다에 있는 은행까지만 보내겠다고 했다. 그랬더니 중동 사람들이 괜찮다는 의사를 표해 그렇게 거래를 할 수 있었다.

하지만 잘 받았는지 확인하는 것이 또 문제였다. 그때는 전화라도 한 번 하려면 광화문 우체국에 가서 신청하고 삼사일을 기다려야 하는 상황이었다. 그런데 이 사람들과 함께 물건이 잘 도착했는지 알 수 없는 노릇이었다. 그러니 선박회사에 연락을 취해 물건이 잘 도착했는지, 하역은 잘 됐는지 물어 세세히 확인하는 수밖에 없었다. 지금은 스마트폰 하나로 다 해결되는데 당시엔 참 번거로운 작업이 많았다. 지금 사람들한테는 참 이해가 안되는 일이겠지만 말이다.

또한 중동 사람들한테 성냥도 팔았던 기억이 있다. 중동은 담배를 많이 피우니 평소 성냥을 많이 쓴다. 당시 중동지방 성냥은 전부 스웨덴에서 수입하고 있었다. 우리 성냥과 차이가 있었는데, 성냥갑 자체가 종이가 아니라 나무로 되어 있었다.

2차 대전이 터지고 독일이 성냥을 생산하지 않기로 스웨덴과 협약을 맺었다. 독일 내에서 성냥을 생산하지 않기로 한 것이었다. 자연스레 스웨덴 성냥값이 올랐고, 중동 사람들은 소련으로

성공의 씨앗을 내 안에 심어라

거래처를 바꾸었다. 하지만 여기서 문제가 발생했다. 모두가 알다시피 소련은 공산국가이니 국가에서 모든 것을 관리하고 있었다. 물건을 사면 언제 선적을 하는지 언제 도착하는지 도통 알 수가 없다는 것이었다. 공산국가이니 가르쳐 줄 사람도 없고, 물어볼 데는 더더욱 없었다. 그저 기다릴 수밖에.

중동은 세 번째 선택지로 한국에 집중했다. 그 사람들이 성냥을 이야기했을 때, 나는 이미 비비큐용 성냥을 팔고 있던 상황이었다. 공부가 끝난 상태라 당연히 만들 수 있다고 이야기했다. 운임까지 결정되었으니 마음 놓고 공장에 그들을 데리고 갔다. 그래서 한 달에 1,000갑씩 해서 2년 계약을 했다.

한 갑에 약 50개비 성냥이 들어 있었고, 일 년에 약 12,000갑이 들어가니 정말 엄청난 양이었다. 총 2년 계약을 맺었으니 1년 좀 넘게 신나게 일을 할 수 있었다. 돈도 많이 남았던 거래였다. 그런데 두 가지 문제가 있었다. 세상에는 항상 좋은 일만 이어지란 법은 없는가 보다.

어느 날 중동에선 갑자기 계약을 취소하겠다고 연락이 왔다. 2년 계약을 했는데 1년 좀 넘더니 그만두겠다고 하는 것이다. 이유를 물었더니 성냥이 안 팔린다는 것이었다. 알고 보니 우리가 만든 성냥갑에 치명적인 문제가 있었다. 소련에서 수입했던 성냥은 나무 성냥갑이었다. 전부 손으로 만드니 가능했는데 우리는 자동으로 만드니 종이로 성냥갑을 만들었다. 그런데 중동지방이 덥다 보니 땀이 많이 나는데 성냥을 주머니에다 넣고 다니다 보니 성냥갑이 젖고 황이 습기를 먹어 물러지는 것이었다.

성냥 자체가 잘 안 켜지게 되니, 당시 현지에서 공짜로 줘도 가져가지 않을 수밖에. 우리는 성냥 생산을 자동으로 했기 때문에 나무로는 성냥갑을 만들 수 없었다. 아무리 손으로 만든다고 하더라도 손익분기를 맞출 수 없었다. 결국 거기서 성냥 사업은 접을 수밖에 없었다.

이 경험을 통해 기회는 때에 맞춰 오기도, 또 영원하지도 않음을 배웠다. 쌓아온 경험이 있었기에 나는 선적 조건에서의 유리한 입장이 될 수 있었으며, 성냥 사업의 기회를 잡을 수 있었다. 하지만 이 기회는 언제나 상황과 조건, 타이밍에 따라 유지될 수도, 사라질 수도 있다. 이렇게 변화무쌍한 사업이었기에 내가 안주하지 않고, 늘 겸손한 마음으로 새로운 기회를 찾아 나설 수 있었던 것 같다.

# 나라를 위한 마음,
# 음식 통조림

한 알의 씨앗을 심으면 자라서 수백 개의 결실을 맺듯 사업을 하는 것도 마찬가지다. 처음엔 어디 한 곳 기대거나 비빌 곳이 없어서 그저 아무 데나 겁 없이 파고들곤 했으니 말이다. 크고 작은 실패를 하든, 성공을 하든 꾸준히 계속하다 보니 여기저기 전혀 모르던 곳, 또 기대하지 않았던 곳에 가지를 칠 수 있게 되었다.

월남전이 한창일 때 한국에서 C레이션을 만들어 보냈다. 이 C레이션은 본래 제 2차 세계대전과 한국전쟁 당시 미군의 전투식량이었다. 본래는 동그란 비스킷, 가공 햄, 초콜릿 등이 둥그런 캔에 들어있거나 과일, 커피와 설탕이 그보다 작은 사이즈의 캔에 들어있는 등 다양한 형태가 있었다. 이 전투식량은 미국에서 전쟁 비용을 대는 조건으로 참전하였으니 미제 전투식량을 공급하는 것이 원칙이었다.

그러나 당시 박정희 대통령이 한국군은 김치, 고추장, 마늘장아찌가 없으면 전투를 못한다고 고집하여 한국에서 공급하게 되었다. 이에 국내에서 군납 업체인 대한 종합식품이 만들어진 것이다. 가격도 미국제 전투식량보다 2배 이상 비쌌다. 미국 정부 내에서 C레이션에 들어갈 식료품으로 김치, 마늘장아찌, 고추장을 만들 수는 없는 노릇이니 한국에서 만들어 보낼 수밖에 없었다.

이런 일은 사실 우연히 생긴 것이라기보다 박정희 대통령과 참모진에서 짜낸 기발한 아이디어였다. 귀한 달러를 벌어들이는 것은 물론이고, 실업자가 우글거리던 때에 많은 일자리를 창출해 낼 의도였다. 당시에 한국에는 변변한 통조림 공장도 없었고, 50,000여 명의 전투식량을 공급할 공장은 더더욱 없었다.

마치 정주영 회장이 울산의 정비되지 않은 모래사장에 지금과 같은 세계 굴지의 선박 제조 기지를 만든 것과 같은, 무모하지만 혁신적인 일과도 같았다. 나라의 지도자와 기업이 머리를 짜고 협력하여 대한종합식품이란 거대한 통조림 공장을 급조하여 6개월이 채 되지 않아 제품을 대량 생산할 수 있었다. 이 공장이 벌어들인 달러가 한국경제발전에 큰 밑거름이 된 것도 사실이다.

여기서 내가 배운 것은 발전 과정에 있는 나라의 경우 진심으로 나라와 국민을 사랑하고 위하는 청렴한 사람, 동시에 강력하게 자신의 의견을 개진할 수 있는 사람 한 명만 있어도 크게 성장할 수 있다는 것이었다. 공동의 목표를 위하는 굳건한 마음이 있었기에 그 누구도 따라올 수 없는 속도로 발전할 수 있었다. 물론

성공의 씨앗을 내 안에 심어라

기업도 마찬가지이다.

이렇게 세워진 대한종합식품이 월남전이 끝나게 되니 공장에 일감이 떨어지게 되었다. 세상에 모든 것은 전성기가 있는가 하면 쇠퇴기가 있는 것과 같다. 한때는 일 년에 직원들 보너스를 1,000% 이상 지급하던 회사도 일감이 없어서 쇠퇴기를 맞이하게 된 것이다.

한국은 음식 특성상 통조림을 그리 선호하지 않는 것 같았고, 꽁치 통조림같이 다소 인기가 있는 제품이라 할지라도 당시 국민소득 수준이 대량 소비할 능력이 없을 때여서 내수를 위한 제품을 개발하는 것은 대단히 어려울 때였다. 바로 수출길을 찾아야 했다. 한국에서 생산 가능한 꽁치, 고등어, 복숭아 통조림은 이미 일본 제품이 장악하고 있었다. 국내 제품에서 확실히 가격경쟁력이 보장되지 않으면 도저히 일본 제품과 경쟁을 할 수가 없었다.

어느 날 중동의 바이어들과 호텔에서 미팅을 한 적이 있었다. 냉장고에 들어있는 쌕쌕이 주스를 함께 마시게 되었는데, 이 맛을 보더니 그들이 일본 제품에 비해 너무 좋다고 하는 것이었다. 나는 기회를 놓치지 않고 이 제품을 수입해가면 어떨지 제안했다. 그들은 그것 참 좋은 생각이라고 하며 곧바로 제안을 받아들였다.

내 제안이 즉시 받아들여졌음에도 실제로 수출을 할 수 있을 정도의 물량을 생산할 공장이 없던 시절이었다. 우리가 마셨던 주스는 해태제과에서 생산한 것인데 당시 해태에서는 물량을 그

만큼 생산할 수가 없다는 답변을 주었다. 그때는 원료인 귤을 장기간 보관할 수 있는 시설이 없어서 국내 수요에 맞춰 물량을 확보해 놓았기 때문이었다.

그렇다고 이미 주문을 받은 것과 마찬가지인 거래를 포기할 수가 없어서 고민하던 중 대한종합식품이 떠올랐다. 바로 그들과 상의를 하여 주문을 받겠다는 약속은 받았다. 하지만 이 회사는 일전에 주스를 생산한 적이 없으니 원자재인 귤을 확보했을 리가 없었다. 그래서 회사 책임자들과 바이어 중 한 사람과 같이 원료의 생산지인 제주도를 방문하게 되었다. 당시 내게도 처음 방문하는 제주도였다. 도착하자마자 살랑살랑 불어오는 바람과 선선한 날씨, 청명한 하늘이 눈과 마음을 사로잡았다. 또한 아주 이국적인 분위기여서 기분이 아주 상쾌했던 기억이 난다.

농협과 귤 농장을 찾아다니며 파악한 상황은 해태제과에서 했던 설명과 별반 다를 것이 없었다. 통조림 공장뿐 아니라 과수원이나 농협 모두 저장 시설이 없어서 수확을 하면 적어도 3개월 내에 모두 출고를 해야 한다는 것이었다.

이런 상황에서 생각해낸 해결책은 두 가지밖에 없었다. 첫 번째는 농가와 상의하여 선금을 주고 수확기를 2개월에서 4개월로 늦추는 것이었다. 두 번째는 수확기에 싼 가격에 대량 구매해서 주스를 만들어 제품으로 보관했다가 주문이 들어오면 선적을 하는 방법이었다. 첫 번째 방법인 수확기를 조정하는 것엔 한계가 존재했다. 생산해 수출할 수 있는 기간이 고작 3개월 남짓이었으

성공의 씨앗을 내 안에 심어라

니 일 년 내 1/4밖에 장사를 못한다는 것이었다. 결국 이는 문제가 많아서 시행할 수가 없었다.

어려움이 있다고 하여 참새가 방앗간을 그냥 지날 수 없듯이 손안에 들어온 거래건을 그냥 버릴 수는 없는 노릇이었다. 온갖 아이디어를 짜내서 한 가지 결론에 이르게 되었다. 우선 세 개 컨테이너(3,600 상자)를 기준 견본으로 선적하여 실제로 시장의 반응을 보기로 한 것이었다. 한 번 시행해본 뒤 장기계약을 하여 일 년 내내 수출을 하기로 합의를 보았다. 모든 여건으로 보아 이 결론은 우리가 찾아낼 수 있는 가장 좋은 방안이었다.

이렇게 하여 일차 시험 선적을 하고 그 결과가 오기를 고대하고 고대하던 중 소식이 오기는 하였으나 기대한 것처럼 우리에게 유리한 결과가 아니었다. 우리는 물론 바이어들도 큰 희망을 가지고 물건을 받아 팔기 시작하였는데 불행하게도 현지 시장에서는 이 제품이 소비자들에게 좋은 반응을 받지 못하였던 것이다.

제품의 품질도 월등히 좋고 가격도 일본제보다 쌌지만 이미 일본 제품에 입맛이 익숙해진 소비자들이 새로운 물품의 구매를 꺼린 것이다. 익숙한 제품을 찾으려는 소비자들의 심리로 비싼 가격에도 일본제만 찾고 한국제는 거들떠보지를 않는다는 반응을 전해 들었다. 일본 제품은 조미료로 만든 화학제품이었고 한국제는 실제 과일로 만든 유기농 제품이었지만, 이미 시장에 확고하게 자리매김한 일본 제품의 자리를 넘보긴 쉽지 않았다.

다행히 원료확보를 미리 하지 않아 손해를 보지는 않았지만 꿩

장히 큰 시장을 손에 잡았다가 놓치게 된 것이 아깝고 안타까웠다. 여기서 또 배우게 된 것은 국제 무역을 하자면 상품의 품질이나 가격 이외에도 상대국의 문화, 종교, 주식, 풍습 등등 미리 파악해두어야 할 것이 아주 많다는 것이었다. 더욱이 이미 견고하게 자리 잡은 시장을 뚫고 들어가기 위해서는 꽤 많은 조사와 노력이 뒷받침되어야 한다는 것을 배웠다. 특히 음식의 경우 소비자들이 익숙한 제품에서 새로운 제품을 선택하는 것은 쉽지 않은 일이니 말이다. 나라를 위한 마음으로 발품을 팔고, 어려움에도 포기하지 않았던 일은 당시엔 바로 결과가 나지 않을지는 몰라도, 신뢰를 쌓게 해주었다. 결과적으로 꾸준히 다른 나라의 바이어들과 거래하는 힘이 되어준 것이다.

성공의 씨앗을 내 안에 심어라

# Chapter 4

# 위기를 기회로 삼는,
# 사업가의 눈

# 다양한 문화의 차이,
# 그 속에서 인정받은 김치의 힘

중동 사람들과 함께 다니려면 아주 어려운 것이 많았다. 그때까지는 중동에 대하여 아는 것이 거의 없었고 그나마 그동안 상대를 해왔던 미국인과 같다고 생각했기 때문이다. 그중에서도 가장 힘들었던 것은 음식이었다. 당시엔 외국인을 상대로 하는 음식점이 별로 없었고 더구나 종교적, 문화적인 이유로 그들이 소고기, 돼지고기를 안 먹으니 더 어려웠다.

그 사람들도 이런 사정을 잘 알고 있어서 자기들의 음식을 가지고 다녔다. 대개 쌀을 쪄서 말린 것과 정어리 통조림이었는데, 가지고 다닐 수 있는 양에 한계가 있으니 체류 기간이 열흘이 넘으면 대개는 가져온 양식이 다 떨어지곤 하였다. 이때가 가장 문제였다. 지금이야 채식 식당을 비롯해 세계 모든 나라의 음식이 있지만 당시에는 전혀 없었다고 해도 과언이 아니었기 때문이다.

이보다는 덜하였지만 음식 때문에 고생한 것으로 치면 미국의 유대인 바이어도 만만치 않았다. 미국 바이어의 대부분은 유대인이었다. 그중 정통 유대인은 음식을 가리는 것이 중동의 회교도와 별 차이가 없었으니 말이다.

그들은 사딘(정어리) 통조림을 가지고 왔다. 그걸 빵에 넣어 먹는데 며칠이 지나면 금방 그 물량이 떨어지고 말았다. 그래도 중동 사람과는 달리 닭고기를 먹을 수 있었다. 오로지 닭가슴살만 먹는데 호텔에서는 가슴살 요리만은 해주지 않는 것이었다. 그래서 호텔에서 시비가 붙기도 했다. 이들이 먹을 수 있는 또 다른 음식을 샅샅이 찾다가 치즈가 있다는 것을 발견했다. 하지만 그 시기에는 한국에서 치즈를 살 수가 없었다. 내가 유일하게 치즈를 구할 수 있는 건 서울 바닥에 몇 개 안 되는 살롱 뿐이었다. 그곳에서나마 조그마한 치즈 조각을 구경할 수 있었다.

당시 나는 접대를 위해 명동 충무로 살롱들을 많이 알고 있었다. 그때 살롱에서는 양주 한 잔을 주문하면 서비스로 치즈를 한 조각씩 주곤 했다. 그래서 이곳 저곳 아는 살롱을 다니며 양주 한 잔을 시키고 따라 나오는 치즈를 한 조각씩 챙겼다. 원래 나는 술을 먹지 않기 때문에 목적이었던 치즈만 가지고 나오는 상황이 벌어졌다.

그렇게 어렵게 한 움큼 모은 치즈를 가지고 호텔에 갔는데 바이어가 이미 나가고 없었다. 기다리다가 치즈를 안내 데스크의 키 박스에 넣어두고 돌아왔다. 다음날 치즈를 잘 먹었냐고 물어보니 받기는 받았는데 다 녹아서 먹을 수 없어서 버렸다는 것이

성공의 씨앗을 내 안에 심어라

었다. 그때가 서 있기만 해도 날이 푹푹 찌는 8월이었다. 사업을 하며 그런 다사다난한 일들을 난 참 많이도 겪었다. 문화의 차이를 느끼고, 그들이 한국에서 편안한 체류를 할 수 있도록 동분서주 뛰어다니던 시절, 때로는 힘들었지만 뿌듯할 때도 많았다.

하지만 그 속에서도 굳건한 한국의 음식은 있었다. 새로운 경험을 시켜주기 위해 바이어들에게 육개장, 해장국, 빈대떡 등 한국 음식을 많이 제공했는데 이 음식들은 호불호가 많이 갈렸다. 하지만 김치는 특이했다. 한 번 김치를 먹어본 사람은 곧 김치에 중독되어 계속해서 찾을 정도였다.

다음에 또 한국에 왔을 때도 먼저 나서서 김치 먹으러 가자고 말할 정도니 그 맛에 확실히 매료된 게 분명했다. 김치는 한국의 전통 발효식품으로서 깊고 진한 맛이 일품이었기에 그들 역시 꾸준히 찾지 않았나 생각해본다. 톡 쏘면서도 씹을수록 단맛이 우러났기에 그들 역시 김치를 사랑할 수밖에 없었던 것이다.

일본 사람들은 스시를 미국 시장에 팔 때 20년 걸렸다고 한다. 일본 정부가 나서서 시간과 돈을 많이 써서 스시를 인기 식품으로 만든 것이다. 한국의 김치 역시 이명박 대통령 시절 영부인인 김윤옥 여사의 노력으로 전 세계에 김치 홍보가 잘되어 인기를 얻을 수 있었다. 그 맛과 효능을 누구에게나 인정받을 정도로 한국의 대표 식품으로 자리매김한 것이다.

김치가 세계적인 식품이 되어가고 있음을 확실히 느낄 수 있다. 현재 미국에서도 다수의 주에서 김치의 날을 정하고, 연방 의

회에서 김치의 날을 논의하고 있으니 말이다. 우리의 것이 해외에 나가 인정받을 수 있다는 건 참 자랑스럽고 뭉클한 일이다. 나역시 그러한 신조를 가슴에 품고, 한국적인 것을 알리고 홍보하기 위해 늘 애써왔다. 다양한 문화의 차이 속에서도 인정받은 김치의 힘처럼, 우리는 한국인이라는 긍지와 자부심으로 세계로 계속 뻗어나가야 할 것이다.

# 라면,
# 미국에 수출하다!

　우리 모두 알다시피 라면은 세상 사람 누구나 아는 국민 제품이자 한발 더 나아가 세계의 식품이기도 하다. 그러나 이렇게 대중적인 음식인 라면도 처음 나왔을 때부터 그렇게 잘 알려진 것이 아니었다. 더군다나 초반 미국 시장엔 아주 생소한 제품으로 일본인 마켓에서 팔리는 이치방 라멘이 전부였을 것이다. 나는 본래 남들이 하지 않은 미개척 분야를 개척하고 싶은 의욕이 아주 강한 사람이었다.

　라면도 그중 하나였는데, 라면을 미국에 팔아보겠다는 마음으로 내가 아는 모든 거래처에 이 제품을 소개했다. 하지만 그런 적극적인 시도에도 상대는 별 반응이 없었다. 그렇다고 그렇게 간단히 포기할 내가 아니었다. '두드려라. 그러면 열릴 것이다'라는 말이 있듯, 나는 미국에서 라면에 관심이 없는 이유를 찾아 헤매기 시작했다. 그리고 그 과정에서 결국 이유를 알게 되었다.

거의 모든 동양사람은 라면을 먹는 이유가 얼큰하고 진한 국물 때문인 경우가 많다. 그런데 미국인들은 국물에는 별 관심이 없고 국수에 더 흥미가 있다는 것을 알게 되었다. 특히 한국의 쫄깃한 면발은 그들의 마음을 사로잡기에 충분할 것 같았다. 그래서 포장을 완전히 바꾸어서 스프는 넣지 않고 국수만 다섯 개를 한 봉지에 넣어서 다시 소개했다. 처음에는 한 컨테이너를 시험으로 가격대를 산정했는데 결과는 아주 놀라웠다. 라면 값 중 국물이 차지하는 가격이 상당한 비율을 차지하는데, 이를 빼니 국숫값이 아주 저렴해진 것이다.

원인을 분석해 새롭게 공정해 제안한 나의 이 거래를 미국에서 받아들이더니, 차츰 주문 수량이 늘어나기 시작했다. 그 뒤 한 달에 약 20 컨테이너씩 라면 선적을 주문받았다. 만일 내가 상대의 시큰둥한 반응에 쉽게 낙담해 포기했다면 미국에 라면을 수출하는 일은 이어지지 않았을 것이다. 하지만 해당 국가의 문화적, 지역적 특성을 파악해 훨씬 더 현명한 거래를 제안할 수 있었다. 아마 이게 알고 하는 것과 모르고 하는 것의 차이라고 생각한다. 공략하고 싶은 목표를 세웠다면, 적극적인 전략을 세워 실행에 옮겨야 한다. 두드리는 자만이 열린 문을 마주할 수 있고, 적을 아는 자만이 싸움에서 이길 수 있다.

실제로 한국 라면은 미국 현지에서 많은 이들이 찾는 식품이 되기도 했다. 현재 한국 라면 시제품이 없어서 못 팔 정도라고 하니 그 인기를 알 수 있는 대목이다. 더욱이 영화, 드라마 등의 흥행으로 K-푸드 열풍이 가속화되는 현상이 참 기쁘고 달갑다.

성공의 씨앗을 내 안에 심어라

# 정직한 베풂은 복이 되어 온다
### - 포토 앨범

당시 나는 자착식 앨범 공장 네 개를 운영하고 있었다. 공장을 소유했던 것은 아니지만 내가 주문한 것만 만들었으니 내 공장과도 다름없었다. 공장마다 매일 한 컨테이너씩 수출했다. 앨범은 커버 디자인이 매우 중요했는데 한국에서는 디자인을 개발할 능력이 없어 바이어가 새로운 디자인을 제시해주면 그것으로 생산을 하곤 했다.

그런데 1985년 9월 플라자 합의가 체결되었다.[1] 자세히 살펴보자면 달러 강세로 무역 수지 적자에 허덕이던 미국이 일본을 압박해 달러 가치를 내리고 엔화 가치를 높이는 환율 조정 조치였다. 그때 하루아침에 360엔이었던 엔화가 1달러 기준 180엔으

---

1) 1985년 9월 22일 미국의 뉴욕에 위치한 플라자 호텔에서 프랑스, 독일, 일본, 미국, 영국으로 구성된 G5의 재무장관들이 외환시장의 개입으로 인해 발생한 달러화 강세를 시정하기로 결의한 조치

로 조정되었다. 따라서 한국의 환율도 급격히 변하여 이미 받아 놓은 미 선적분 주문 건에서 엄청난 환차 이득이 발생하게 된 것이다.

생각지도 않았던 이 이익의 합계는 정상 수출을 1년 다 하여 얻는 총이익보다도 훨씬 많았다. 이는 마치 복권에 당첨된 격이었다. 그 차액을 역으로 계산하면 (이미 받은 주문 건과 새로운 환율로 새 주문을 받은 차액) 약 750,000 달러나 되었다. 그 당시 가격으로 시민 아파트 3, 4채를 살 수 있는 큰 금액이었다.

그러니 고민이 많이 될 수밖에 없었다. 이 추가 이익을 아무런 이야기 없이 꿀꺽해서 아파트라도 몇 채 살까? 이 돈으로 땅이라도 수천 평 사둘까? 라는 수많은 생각이 머리를 헤집어 놓았다. 설사 내가 그 차액을 돌려주거나 분배하지 않더라도 아무도 불평을 하거나 일부라도 돌려달라고 할 권리조차 없었다. 이 일은 순전히 내 마음먹기에 달려 있었다.

이렇게 예기치 않던 돈이 생겼을 때 어떻게 하는 것이 가장 공정하고 장래를 위하는 길일까? 며칠을 고민하다가 다음과 같은 결론을 내렸다. 이 돈은 기대 이외에 발생한 이익이니 없었던 것으로 할 것. 그렇다고 엉뚱한 사람에게 줄 수는 없는 노릇이니 생산자와 바이어 그리고 나하고 1/3씩 공분하기로 결정했다.

다음날 공장에 가서 제품가격을 환차의 1/3만큼 인상해주겠다고 했더니 상대는 믿지 못하였다. 이후 이 공장들과 수년을 거래하던 중 가장 기쁘고 흥분된 날을 함께 보내게 되었다. 그 뒤 바이어에게 현재 확정된 주문 가격을 1/3 할인해주겠다고 텔렉스[2]를 보냈더니 다음 날 아침에 바로 전화가 왔다. 이게 대체 무슨 소리냐? 가격을 1/3이나 올려달라는 것인지, 갑자기 천지개벽이라도 되었는지 아니면 메시지가 잘못된 것인지 이해를 할 수가 없어서 전화를 했다는 것이었다.

그 이유를 상세히 설명해 주었더니 그는 상상도 하지 못했다는 반응을 했다. 세상에 자기가 20여 년 장사를 하는 동안 이런 일은 겪어보지도 못했다는 것이었다. 상대는 연신 고맙다는 말과 함께 주문 양을 늘리겠다고 했다. 정말 다음날이 되니 주문 양이 두 배로 늘어나 있었다. 나 또한 내가 한 결정에 대해 대단히 자랑스러웠다. 홀로 이익을 몇 천만 원 더 가진 것보다 훨씬 즐거웠다. 초과 이익의 1/3을 주었음에도 주문량이 두 배로 늘었으니 실제로는 1/2의 이익이 늘어난 결과가 되었다. 계산되었던 것은 아니었지만 이거야말로 돌 하나로 두 마리 새를 잡은 격이었다.

이 일로 인하여 얻은 것은 여기서 끝난 게 아니었다. 미국의 수출업자들 간에 이 일화가 알려지게 되어 한국의 보잘것없는 작은 회사였음에도 많은 수출업자들에게 나와 내 회사의 이름을 알릴 수 있었다. 수출하는 사람에게 이보다 더 큰 재산과 이득은 없을 것이었다. 하지만 수출 물량이 늘어나다 보니, 그렇지 않아도 어려웠던 커버 디자인 개발이 더 어려워졌다. 그때 뇌리를 스치는

---

2) 가입자 상호 간에 직접적으로 임의의 시간에 전신회선망에 의해 통신할 수 있는 전신

곳이 있었다. 바로 몇 년 전에 미국에 있을 때 방문했던 벽지회사였다. 이 회사의 창고를 방문했을 때, 더는 판매하지 않는 디자인의 벽지 재고가 수도 없이 쌓여 있었던 기억이 났다.

당시 그 회사에 그토록 많은 벽지가 쌓여 있는 이유가 있었다. 새로운 디자인을 개발할 때마다 그들은 전사 회의를 통하여 어떤 디자인을 얼마나 생산할 것인지를 결정했는데, 실제 판매량과는 관계없이 예상되는 판매량의 전량을 생산하곤 했다. 일정 기간 판매하다 남는 양은 그대로 단종 제품으로 처리하고 판매를 중지하는 식이었다. 아울러 잘 팔리는 디자인도 재생산하지 않는 독특한 운영 방식이었다.

이러다 보니 일정 기간 판매되지 않은 재고가 엄청나게 쌓여 있었고, 이 재고를 처리하느라 회사 측에서도 전전긍긍하는 것을 알게 되었다. 이 점에 착안하여 만일 이 재고를 아주 싼값으로 살 수 있다면 나는 더는 디자인 개발에 신경 쓸 필요가 없었다. 가격 역시 한국에서 인쇄하는 것보다 월등히 저렴했으니 내겐 마치 보물섬을 찾은 것과 다름없었다.

그 당시 이 벽지 공장의 롤당 가격은 8.50~12.00 달러 정도였는데 이를 공장 원가에 관계없이 롤당 1.00 달러에 협상하여 한국으로 갖고 들어오기 시작했다. 미국에서 한 디자인이니 어느 곳의 앨범 표지보다 좋았고, 품질 역시 좋아 더 나무랄 데가 없었다. 그야말로 인기 절정이었던 것이다.

물론 여기에도 단 한 가지 문제는 있었다. 한 디자인의 수량

성공의 씨앗을 내 안에 심어라

이 일정하질 않다는 것이었다. 어느 디자인은 10롤밖에 없고, 어떤 디자인은 수백 개의 롤이 되니 다소 문제가 있었다. 하지만 지금까지는 디자인 별로 솔리드팩(한 팩에 한 디자인 앨범만 박스에 넣는 것)하던 것을 아소트팩(한 팩에 여러 디자인 앨범을 박스에 넣는 것)하는 방식으로 바꾸어 문제를 해결했다. 수입하는 소매상에서는 한 박스의 물건을 사면 여러 디자인이 섞여 있으니 상점에 재고 관리가 쉬워져서 오히려 좋아했다.

세상의 모든 문제는 해결하라고 생겨난 것 같았다. 이렇게 일을 하다 보니 점점 할 일이 많아져서 하루 24시간이 부족한 듯 느껴졌다. 승승장구하는 줄로만 알았는데, 역시 세상에는 영원한 것은 없는 것 같았다. 주문량에서도 이익으로도 꽤 괜찮은 장사를 얼마간 하고 있었는데, 생전 듣지도 못하던 미국 시장의 덤핑 방지관세 통보를 받게 된 것이었다. 그것도 자그마치 45%나 되었으니 그동안 보았던 추가 이익까지 다 포함하고 공장가격을 더 낮춰도 도저히 45%의 추가 관세를 흡수할 수가 없었다. 서서히 이 사업에서 손을 놓게 되었다.

# 한계를 시험하다
### - 화장용 거울 1

겨울이 가면 봄이 오듯 한 제품이 수명을 다하면 그다음 제품을 개발하는 것이 나의 업무이자 취미이기도 했다. 쉬지 않고 새로운 제품을 개발했고 그중 하나가 화장용 거울이었다. 이것은 양면으로 되어 있는 손거울인데 한 면은 일반 평면 거울이고 다른 면은 두세 배의 확대경으로 구성되는 사양이었다. 제품개발 이유는 화장할 때 (속눈썹을 붙이거나 섬세한 색조 화장을 할 때) 사용되는 거울이 필요했기 때문이었다. 이 제품은 본래 일본제였는데 샘플을 보니 아주 간단하고 쉽게 만들 수 있을 것 같았다. 나는 늘 일본이 만드는 것이라면 우리도 할 수 있다고 생각하고 있었다.

우선은 어디 있는지도 모르는 거울 공장을 찾느라 전국을 돌아다녔지만 내 생각과는 달리 아무 곳에서도 찾지를 못하였다. 더욱이 확대경은 내게는 매우 생소한 소재였다. 그저 학교 다닐 때

성공의 씨앗을 내 안에 심어라

렌즈에 대하여 배운 기억만 났다. 확대경은 오목 렌즈로 되어 있고 오목 렌즈는 유리를 갈아서 표면을 휘게 해 만든다는 아주 기초적인 상식만 갖고 있을 뿐이었다.

그러다 찾아낸 것이 안경 공장이었는데, 여기서 오목 렌즈를 만들려 하니 만들어 주려고도 않을뿐더러 가격이 일본제보다 열 배 이상 비싸게 달라고 하니 소용이 없을 것 같았다. 하는 수 없이 그동안 내가 무역을 하는 동안 알게 된 일본, 대만, 홍콩의 모든 지인들을 동원해 보았다. 하지만 이런 저런 되지 않는 아이디어만 무성하게 얻었을 뿐 해결책에 전혀 접근하지도 못했다.

그러던 중 홍콩의 한 친구가 그럴듯하고 기발한 아이디어를 주었다. 샘플을 분석해본 결과 이 제품은 렌즈가 아니고 평면 유리를 가열한 뒤 렌즈의 효과를 낸 것이라고 말해 주었다. 물에 빠진 사람이 지푸라기라도 잡는다는 말처럼 그 당시 나는 절실했다. 성공 여부를 떠나서라도 모든 방법을 동원하고 싶은 마음이 간절했다.

유리를 휘게 하는 방법에 대해 전혀 아는 바가 없었지만 일본에서 만든 것을 우리라고 못 만들 이유가 없다는 신념만으로 끝없는 여행을 시작했다. 고민하다가 한 가지 묘안을 찾았다. 스테인리스강으로 유리를 구부릴 곡선을 만들어 유리를 얹어둔 뒤, 가열해 굴곡을 만들어내려는 것이었다. 유리가 650도의 열을 가하면 변형된다는 것을 알게 된 것 역시 내겐 큰 발견이었다.

그 결과를 보기 위해 급히 철공소에 가서 프라이팬 모양의 판을 주문하여 완성될 때까지 기다렸다. 그 뒤 연탄불에 얹어 놓고, 유리가 굽혀지기를 기다렸다. 가히 놀라웠다. 드디어 육안상 본래 샘플과 같아 보이는 곡면 유리를 얻게 된 것이었다. 흥분하지 않을 수가 없었다.

이제 유리 뒷면에 은을 입혀 거울을 만드는 과정을 할 차례였다. 지금까지 찾아본 결과 이렇다 할 거울 공장은 없었다. 흥분 반 걱정 반으로 밤을 지새우고 동이 트자마자 또 거울 공장을 찾아 나섰다. 당시는 2월 초라 막 날씨가 풀리기 시작할 때였다. 비포장도로에 가끔 차들이 지나다녀서 길바닥은 온통 밀가루 반죽을 해 놓은 것 같은 진흙 길이 되어 있었다. 장화를 신은 발이 속에 들어가면 발을 움직일 수가 없이 당혹스러웠다. 한 발 한 발 내딛는 길이 너무 어려워, 이 길을 다니려면 보통 힘든 것이 아니었다. 하지만 이런저런 어려움은 생각할 여유가 없었다. 거울 공장이 있는 곳이라면 지옥이라도 갈 생각이었으니 말이다.

천신만고 끝에 중량교에 있는 아주 작은 거울 공장을 찾게 되었다. 마치 천당 가는 길을 찾은 듯했다. 그런데 주인 아저씨에게서 돌아오는 대답은 실망스러웠다. 이런 것은 해본 적도, 할 수도 없다는 거였다. 어떻게 찾은 공장인데 그냥 물러설 수는 없었다. 온갖 회유를 다 하다 할 수 없이 막걸리를 대접하기로 하고 해당 공정을 부탁했다. 굽혀진 유리에 거울을 입혀주기로 한 것이다.

만들어진 거울을 보니 본래 샘플과 거의 같았으며 나무랄 데

성공의 씨앗을 내 안에 심어라

가 없었다. 너무나 흥분해서 주인 아저씨에게 막걸리를 사주기로 한 약속도 잊고 갈 뻔했다. 곡경이 만들어졌다고 해서 아직 제품이 완성된 것도 아니었는데 말이다. 이제 해야 할 일은 은을 입힌 거울 뒷면의 보호막에 페인트칠을 해서 프레임과 스탠드를 더해 완성하는 일이었다. 그 뒤 완성된 샘플을 미국으로 발송하고자 했다.

어떻게 품질의 균일성을 유지할 것이며, 대량 생산 체제를 갖춰 주문량을 제때 선적할 수 있느냐, 어떻게 원가를 낮춰서 생산성을 맞추느냐 하는 근본적인 문제는 아직 시작도 하질 않았는데 말이다. 그러나 이런 문제를 다 해결하고 난 뒤 회신하는 것은 분명 늦어 보였다. 주문 전체를 통째로 날려버릴 위험이 있으니 바로 샘플을 보내기로 했다.

1주일이 지나고 2주일이 지나도 아무 연락이 없어 혹시 잘못됐나 하는 마음이 들었다. 내가 혹시나 샘플을 너무 늦게 보내서 그쪽에서 주문을 포기한 건 아닐까 하는 생각이 들기도 했다. 크게 실망을 하고 있던 차에 어느날 너무나 반가운 소식이 왔다. 샘플을 보냈을 뿐 가격도 내지 않았는데 500그로스(72,000개)의 주문이 샘플 승인 통지와 함께 온 것이었다. 이게 꿈인지 생시인지 모를 정도로 기뻤다.

그런데 이것으로 모든 게 해결된 것은 아니었다. 이제 시작일 뿐이었다. 천신만고 끝에 샘플을 몇 개 만들 수 있었지만 갖춰진 생산 공장이 있었던 것도 아니고, 실제 생산 원가가 얼마인지도 모르는 상황이니 이제부터 해결해야 할 일이 너무도 많고 막막했다. 여러 공장을 찾아다니며 생산을 의뢰해 보았지만 아무도 이 제안에 응해 오질 않았다.

하는 수 없이 내가 공장을 직접 운영하기로 결정하였다. 장소를 마련하고 사람도 구하고 기타 필요한 준비를 해가던 중 한 가지 걸리는 점이 생겨났다. 샘플은 연탄불로 만들었지만 대량 생산 공장을 연탄불로 하려면 그에 필요한 장소가 어마어마하게 커야 했던 것이다. 무엇보다도 그렇게 많은 연탄을 실내에서 피우면 거기서 발생하는 가스로 공장의 모든 사람이 살아남지 못할 것 같은 생각이 들었다.

여기서 착안해 낸 것이 연탄 대신 전기를 사용하기로 한 것이었다. 거기에 더해 컨베이어 벨트를 만들어 연속으로 생산할 수 있는 방법을 고안했다. 이것은 정말 장족의 발전이었다. 공장을 운영해 본 적도 없는 내가 여기까지 생각해 낸 것만으로도 대단히 큰 자부심을 가질 수 있었다. 이전에 다른 곳에서 본 적도, 알지도 못하는 분야였기 때문이었다.

이렇게 한 차례 점검해 보고 본격적인 생산을 시작하였다. 대량으로 물건이 쏟아져 나오며 예상치 못한 일이 발생했다. 스테인리스강 접시를 사용하여 대량 생산을 하기는 했는데 굽혀진 유리의 곡면이 일정하지 않아 어떤 것은 두 배 어떤 것은 다섯 배로 확대되어 균일성이 없었던 것이다. 상품성이 떨어져 결국 나는 눈물을 머금으며 생산을 중단할 수밖에 없었다.

그래서 찾은 곳이 키스트였다. 상공부의 소개로 키스트의 박사님들과 상의를 한 것이다. 당시 상공부에는 수출품 기술 개발을 위한 보조금이 있었고, 그 보조금은 연구자들에게 개발 명목으로 지급되는 것이었다. 그때 이 거울 프로젝트를 맡았던 분이 서울공대 교수였다. 어느 날 그 교수님의 제자 대학원생들이 나를 찾아왔다.

내게 거울 생산에 대한 오만 가지를 물어보는데 내가 배우는 건지 가르쳐 주는 건지 모를 정도였다. 하지만 우선 문제 해결을 위해 모든 과정을 다 이야기해 주었다. 그렇게 6개월 간 진행했는데 결국 해결하지 못했다. 그동안 들였던 시간과 돈을 생각해 본다면 낙담할 수밖에 없었다. 지금까지 노력한 과정이 주마등처럼 스쳐 지나갔다.

발품을 팔아 만든 샘플, 그것을 믿고 주문을 대량으로 해준 거래처의 믿음을 저버린 것만 같아 미안했다. 무책임한 결과를 원치 않았다. 궁리한 끝에 일본 현지 생산 공장을 답사하기로 결심했다.

# 마침내 발견한 생산 공정 비법!
### – 화장용 거울 2

수소문하여 일본의 생산 공장을 찾아가 적지 않은 양인 2,000 그로스를 주문하고 공장을 구경했다. 일본으로 가서 나고야에 있는 공장을 방문하게 되었는데, 사업가처럼 주문도 넣으며 해당 공정을 면밀하게 살폈다.

그 당시엔 나의 신분을 누군가 묻지도 않았는데 괜히 가슴이 두근두근하고 얼굴이 붉어졌던 것 같다. 같이 갔던 사람조차 걱정이 되어 어디 아프냐고 물을 정도였다. 제품 생산에 참고하고자 공장을 방문한 것이었는데도 마음속 깊이 찔리는 부분이 있었던 것 같다. 남에게 거짓말을 하는 것이 얼마나 어려운 것인지 이때 절실히 깨닫게 되었다.

아무튼 이렇게 하여 생산하는 공장엘 들어가서는 또 한 번 크게 놀랐다. 생산 공정 시설이 내가 고안해 만들어놓은 공장과 90% 이상 똑같은 것이었기 때문이었다. 컨베이어 벨트를 사용하

성공의 씨앗을 내 안에 심어라

는 것, 둥근 모양의 유리를 만드는 것 등등 말이다. 한 가지 다른 점을 발견할 수 있었는데, 나는 스테인리스강 접시를 사용했지만 그곳은 10cm가 넘는 아주 고운 분말로 제작한 내화벽돌을 사용한다는 점이었다. 이 방법은 스테인리스강 접시를 사용하는 것보다 월등히 좋고, 균일한 제품을 생산할 수 있는 근본적인 해결책으로 보였다.

내화벽돌은 한 번 가열을 해놓으면 바로 식지 않아 컨베이어 속도를 5배는 빠르게 할 수 있다. 또한 10cm나 되는 내화벽돌이기 때문에 균일한 열을 유지하는 게 가능하다. 근본적으로 돌이니 수명이 길고, 보열이 잘 되어 전기료를 줄일 수 있다는 것도 강점이었다. 유리의 굴곡 면을 균일하게 만들 수 있는 비법은 바로 이 부분에서 차이가 난다는 것을 깨달았다.

이제 해결해야 할 것은 어디서 이와 같이 고운 분말로 된 내화벽돌을 살 수 있느냐는 것이었다. 한국에는 이렇게 고운 분말로 만든 내화벽돌은 어느 곳에도 없었다. 그렇다고 일본 공장 주인에게 이 벽돌을 어디서 샀느냐는 질문은 양심상 도저히 할 수가 없었다. 아깝기는 했지만 그대로 공장을 나올 수밖에 없었다. 이제부터 또 새로운 탐사가 시작되었다.

모든 아는 일본인을 동원하고, 알량한 머리라도 동원해 용도에 맞는 내화벽돌을 찾아다니다가 최첨단 세라믹 공장을 알게 되었고, 그곳에 부탁하여 필요한 내화벽돌을 사게 되었다. 이렇게 해서 균일한 굴곡을 만드는 공정까지는 해결이 되었다. 유리를 굽히는 공정과 대량 생산 방법은 해결했지만 깨끗한 거울을 만들 자동 방법을 고안해야 했다.

비눗물에 세척한 유리 물을 완전히 제거하는 방법에는 어떤 것이 있을까 고민하기 시작했다. 난감했다. 그렇다고 여기서 손을 놓으면 이제까지 해왔던 모든 노력과 성과는 물거품이 되는 것이었다. 여러 곳을 수소문하던 중 한 가지 새로운 방법을 개발하게 되었다. 물이 덜 마른 유리를 알코올 통에 걸어놓고 일정 양의 열을 가하면 유리에 묻어 있던 물방울이 알코올 증기가 식으면서 떨어질 때 물을 안고 떨어지는 것을 알게 된 것이다.

이렇게 하여 알코올 증유통을 여러 개 만들어 사용하니 그런 대로 생산량을 유지할 수 있었다. 이 또한 대단한 발명이었다. 그러나 한 건물 안에 여러 개의 알코올 통을 놓고 거기에다 높을 열을 가해 사용하니 화제의 위험성이 대단히 높을 수밖에 없었다. 안전하게 생산을 지속할 방법을 분명 찾아야만 했다. 아무리 생각해도 떠오르지 않아 하는 수 없이 다시 일본으로 찾아가 자세히 보기로 하였다. 당시 처음 갔을 때 좀 더 자세히 보았다면 이 기술 역시 배워왔을 터인데 처음 굴곡기를 보는 순간 너무 놀라고 반가워 빨리 나온 것이 경솔했다는 생각이 들었다.

힘들어도 나는 다시 가야만 했다. 2차 주문을 넣는다는 명분으로 일본 공장을 다시 방문했다. 이전과 달리 차근차근 둘러보니 아주 간단한 방법이 있음을 발견했다. 방법인즉 아주 작은 롤러로 된 컨베이어 벨트를 만드는 것이었다. 롤러 사이로 아래 위에서 물을 뿌려주고 그 위에 유리를 얹어주기만 하면 깨끗이 닦이는 것이 가능했다. 아, 이렇게 쉬운 것을 왜 진작에 생각해 내지 못했을까? 하는 생각이 들었다.

이렇게 하여 거의 모든 공정을 자동화하는 데 성공했지만 아직도 다 끝이 난 것은 아니었다. 거울을 만드는 것까지는 됐지만 만들어진 거울을 완성하기 위해서는 거울 뒷면에 프린트를 하는 일이 남은 것이다. 거울 자체가 작아서 스프레이를 사용할 수는 없는 노릇이고 붓으로 하나씩 칠을 하다 보니 그 물량을 다 수용하기가 쉽지 않았다.

다시 원점으로 돌아가 고민하다, 막연한 희망을 가지고 다시 일본에 갔다. 각종 페인트 공장을 무작위로 찾아다니며 문제점을 제기하고 해결책을 물어보았지만 뾰족한 방법이 없었다. 며칠을 헤매던 중 특수한 기계를 알게 되었다. 동경에서 두어 시간 차를 타고 간 뒤 한 가구 공장에 들어가 사용하고 있는 기계를 볼 수 있었다. 사이즈만 줄이면 우리 공정에 아주 적합한 기계였다. 이 기계를 즉시 주문하고 선적을 기다리는 동안에 똑같은 모양의 컨베이어를 만들어 두었다. 또한 위에 적외선 히터를 얹어 놓으니 제품의 품질은 월등히 좋아졌다. 하루에 100,000개 이상의 엄청난 수량 역시 감당할 수 있게 되었다. 인력은 1/3로 줄게 되었으니 이제야 제대로 된 자동화 공장이 완성된 것이었다.

이렇게 하여 2년 만에 공장다운 공장을 완성하고 크기에 따라서 하루에 60,000~100,000개의 거울을 만들어 완제품은 물론

반제품인 곡경을 미국, 일본, 홍콩 등에 근 10여 년간 수출하게 되었다. 이후 국내에 우리 공장을 모방한 다른 공장이 생길 때까지 세계 시장을 휩쓸 수 있었다. 이 경험으로부터 배운 것은 아무리 어렵고 힘든 일이라 할지라도 용을 쓰고 이곳저곳을 찾다 보면 해법은 나온다는 것이었다. 안될 것 같던 일조차 되게 하는 것은 결국 인간의 의지와 열정, 투지에 있다고 생각한다.

성공의 씨앗을 내 안에 심어라

# 지성이면 감천,
# 도자기 수출 신화

거울 사업이 안정되자 시간 여유가 생기게 되어 또 새로운 제품에 도전하기로 했다. 당시는 실업률도 대단히 높았지만 농사를 짓는 농부가 대부분이었고 국가에서는 어떻게 하든지 새로운 직업을 창출하여 수출을 늘리려는 시기였다. 그리하여 새로운 사업에 온갖 자원과 노력을 들이던 게 국가적 분위기였다. 박정희 대통령 역시 삼성을 비롯한 굴지의 회사에 도자기를 개발하라는 특명을 내렸고, 이에 분주한 움직임이 이어졌다.

한국은 자연 자원은 없지만 도자기를 만드는 고령토는 많이 가지고 있었는데 대부분 일본으로 수출을 하고 있었다. 도자기 사업은 다른 어떤 생산 공장보다 인력을 많이 필요로 하는 사업이므로 이 산업을 발전시키면 큰 자본투자나 기술개발을 하지 않아도 국가에서는 실업해소, 소득증대 등 다수의 어려움을 해결할 수 있었다.

그렇지만 당시는 다른 산업과 마찬가지로 제대로 된 공장이 있었던 것도, 기술이 뛰어났던 것도 아니었다. 오로지 인력과 원료만이 충분하고 개발하려는 필요성과 의욕이 충만할 뿐이었다. 당시 한국의 도자기 공장은 지금처럼 현대화되어 있지도 않았으며, 일본 사람이 공장을 하다 그냥 버리고 간 것을 받은 게 대부분이었다. 언제나 그랬듯이 나는 새로운 가능성을 보면 그냥 지나치지 못하는 성향이 있다. 또한 제대로 알 때까지 그 분야를 파헤치는 집념을 갖고 있다.

거울을 개발할 때와 마찬가지로 도자기에 대해 아무것도 아는 것이 없었지만 새로운 분야에 뛰어드는 것을 즐겼기에 의욕이 불타올랐다. 이미 남들이 다 만들어놓은 밥상에 숟가락을 얹는 식의 사업은 그리 즐기지 않았기 때문이었다. 이후 미국에 연락을 해 도자기 제품을 사달라고 수도 없이 많은 편지를 보냈다. 실제 준비된 것이 없었지만, 일단 도전해보자는 마음뿐이었다.

이런 무모하면서도 꾸준한 나의 노력에 하늘도 감동하였는지, 미국의 몇 곳 거래처에서 제안을 해주었고, 처음 수출한 제품이 바로 행잉 플랜터였다. 석기 종류의 도자기인데 컵 같은 모양에 구멍을 뚫어 노끈으로 연결하여 집 추녀 밑에 거는 화분이었다. 당시 국내에 꽤 규모가 있는 공장은 한국도자기와 행남사뿐이었고 다른 공장들은 그야말로 영세한 규모였다. 한국도자기라는 곳은 도기를 만드는 곳이었고 주문을 받은 석기를 생산하는 공장은 행남사뿐이었다. 하지만 행남사 역시 국내 수요 제품만 만들어도 생산량이 부족한데 굳이 값이 싼 수출을 할 의사가 없었다.

그러니 이전에 성냥과 거울을 생산할 때와 같이 또 전국을 돌아다니며 작은 공장을 설득하고 수출에 동참하도록 독려하는 일에 다시 시간과 노력을 들여야만 했다. 찾고 찾다 대구에 있는 한 공장을 설득하게 되었다. 이 제품을 수출하기로 합의하여 일차 주문을 받았다. 그 뒤 2, 3차까지 주문이 이어졌고 수출량이 자연스레 늘어났다. 드디어 많은 회사와 공장들이 해당 수출 건에 관심을 갖는 비율이 늘어난 것이다. 그로부터 3~4년간 행잉 플랜터가 미국에서 상당히 유행하여 내가 선적을 한 것만해도 10,000,000개가 넘을 정도였다. 빵 바구니에서, 대형 성냥(BBQ match), 화장용 거울, 앨범, 비치볼 그리고 이제 행잉 플랜터에 이르기까지 한국에서 처음 개발을 한 것은 물론이고, 수량으로도 다년간 일등을 지켜왔다.

돈은 차치하고서라도 수출 사업 분야에서 이름은 새긴 것 같다는 생각에 당시 자신감이 가득 차올랐다. 마치 세상에 있는 모든 물건을 팔 수 있다는 마음자세였고, 실제로 자신의 물건을 수출하기 원하는 자, 문제가 있는 자는 모두 나에게 오라는 충만한 마음가짐이 있었다.

실제로 내가 있는 곳은 단 두 명이 일하는 작은 사무실이었음에도 어떻게 알았는지 일주일에 두세 명씩 이런저런 사연을 들고 상담을 하러 오는 사람들로 이어졌다. 세상의 모든 것이 그러하듯 존재하는 모든 것은 소멸되거나 사라지게 마련이다. 수출 사업을 하며 나는 이 이치를 일찍이 깨달았던 것 같다. 영원한 것은 없으며 그렇기에 늘 꾸준히 노력해야 한다.

그렇게 잘 팔리던 행잉 플랜터도 주문 양이 현저하게 줄기 시작할 즈음 대체품이 필요했다. 더 수명이 길고 수요가 많은 도자기를 개발하기로 마음먹고 식탁용 식기류 개발을 시도하기로 했다. 물론 이 분야의 도자기는 행잉 플랜터보다는 한두 단계 높은 기술이 필요하고, 특히 새롭고 호감도가 높은 디자인 개발이 함께 이루어져야 하는 분야이다.

실제로 팔겠다는 사람도 사겠다는 사람도 없었고 또 어떤 제품을 만들 수 있는지, 어떤 제품이 시장성이 있는지 전혀 아는 바가 없었지만 그렇다고 감나무에서 감이 떨어지기를 기다리고만 있을 수는 없는 노릇이었다. 맨땅에라도 비벼보는 수밖에 달리 길이 있는가. 이후 품목을 찾고 있던 중에 고객으로부터 샐러드볼 주문을 받게 되었다. 이 제품도 다른 것과 같이 일본에서 수입을 하고 있었는데 더 싼 가격으로 사려고 우리에게 문의한 것이었다. 언제나 그러했듯 이 제품 역시 수출은 물론이고 생산을 해본 적도 없었다.

그러니 또 0에서부터 시작해야 할 제품이었다. 샐러드볼은 미국의 가정에서는 누구나 사용하는 그야말로 수요가 큰 제품이었다. 다른 모든 제품도 마찬가지였지만 당시에 수출은 물론이고 국내 시장 질서도 제대로 형성되어 있지 않은 상태였다. 그중에서도 도자기 제품은 생산에서나 유통에서나 그야말로 아무것도 갖춰지지 않은 원시적인 상태였다.

제대로 된 공장, 제품의 성격이나 특성을 알 수 있는 자료도 없던 상태였기에 새로운 매뉴얼을 확립해 나가야 할 시점이었다. 이미 생산된 제품의 유통도 질서가 없어서 공정한 가격을 형성할 수가 없었던 때였기에 수출가격을 산출하기란 거의 불가능한 형편이었다. 그저 국내에서 팔던 가격에서 세금을 빼고 수출 포장비와 운송비를 더한 것을 수출가격으로 내보니 일본 가격보다 많게는 3배 이상 비쌀 수밖에 없었다.

그렇다고 원자재가 풍부하고 도자기 생산에 필요한 인력이 남아 돌아가는 이점을 가진 우리나라에서 이 제품을 포기하고 싶은 생각은 전혀 없었다. 내가 아무리 수출에 대한 정부 보조 및 세금 혜택 등을 이유로 국내 공장을 설득하더라도 별 소득을 얻지 못하였다.

아무리 생각해도 알 수 없었다. 인건비가 일본의 1/12밖에 되지 않는 데다가 주원료가 모두 한국에서 나오는 유일한 제품이 도자기인데 수출 가격이 세 배 높다는 것이 이치에 맞지 않았다. 어딜 보아도 기술 이외에는 일본과 경쟁하지 못할 이유를 찾을 수가 없었던 것이다.

고민에 고민을 거듭하다 '그래. 문제가 있다는 것은 어딘가에 꼭 해답이 있다'라는 생각이 들었다. 지금까지 그래왔던 것처럼 이 일도 반드시 성공해 내리라는 막연한 기대와 아집으로 혼자서 굳은 결의를 다졌다. 계속된 고민에도 뾰족한 수가 나오지 않자

하는 수 없이 일본의 도자기 생산 단지인 나고야를 방문하기로 결정했다. 그러나 아는 공장이 있는 것도 아니고 나를 반겨줄 공장도 없을 것 같았다. 골똘히 고심하다 미국의 거래처에 부탁하여 일행으로 함께 공장을 방문하기로 한 뒤 일정을 맞추어 나고야를 방문하게 되었다.

일본은 그때 벌써 선진국 대열에 있었으므로, 대부분의 공장이 현대화되어 있고 기술도 우리가 따라갈 수 없을 정도로 체계화되어 있을 것으로 상상하기도 했다. 생전 처음 신칸센이라는 고속열차를 타고 희망에 부푼 마음으로 나고야에 도착했다. 하지만 아무리 눈을 까뒤집어 보아도, 큰 공장 건물이라든가 분주히 움직이는 사람들은 보이지 않았다. 아주 생경한 풍경이었다.

미쓰비시 무역부에서 안내하는 사람이 어느 조그마한 공장 안으로 인도하기에 들어갔다. 처음 들어가는 도자기 공장이었는데 스무 명도 채 안 되는 공원들이 프린트된 박스에 식기세트 포장을 하고 있는 것밖에 없었다. 혹시 내가 타국 사람인지라 큰 규모의 공장을 보여주지 않는 것은 아닐까, 푸대접이 아닐까 의심해 보았지만 또 다른 공장, 그리고 또 다른 공장을 방문하여도 비슷한 풍경만이 펼쳐질 뿐이었다.

나는 안내하는 사람에게 생산되는 전 공정을 처음부터 보기를 원한다고 밝혔다. 그는 고개를 갸우뚱하면서 내일은 다른 지역으로 가보자는 제안을 했다. 하지만 다음날 간 곳에서조차 전 과정을 찾아볼 수는 없었다. 나중에 알고 보니 왜 그런지 그 이유를 알 수 있었다. 당시 나고야에는 약 2,000개의 공장(생산을 하는 곳)이 있었지만 철저히 분업화되어 있어서 한곳에서 모든 공정을 볼 수 없었던 것이다.

다시 말해 기술과 자본이 필요한 공정은 큰 공장에서 이루어지고 농가에 재료를 공급하는 방식이었다. 생산된 만큼 반죽이 된 흙을 그들의 집 앞에 두고 가면, 낮에 들에 나가 농사를 짓던 농부들이 밤에 집에 돌아와 노동을 하곤 했다. 할 수 있는 만큼 만들어진 제품을 집 밖 추녀 밑에 쌓아두면 흙을 공급해 주는 차가 와서 가져가고 다음 공정에 또 다른 공정으로 옮겨주는 방식이었다.

처음부터 완제품이 나올 때까지 철저하게 분업화되어 있어, 공장을 하는데 큰 투자가 필요 없다는 것이 일본 제품의 큰 이점이었다. 게다가 농부들은 여가시간을 이용하여 수익을 얻으므로 모두에게 좋은 방식이었다. 품질이 좋고 가격경쟁력은 높을 수밖에 없다는 것을 그제야 깨닫게 된 것이었다. 어설픈 지식이지만 그만큼이라도 보고 배운 사람은 나 이외에는 없을 것이라 생각했다. 책임감이 더욱 강하게 느껴졌다.

국내의 공장을 설득할 차례였다. 하지만 나의 이야기에 초반부터 동의하는 사람은 아무도 없었다. 기술자도 아닐뿐더러 새파랗게 젊은 녀석이 나고야에 한두 번 갔다 왔다고 이런 저런 방향을 제시하는 게 가소롭고 어리석게 보일 수 있겠다 싶었다. 그때만 해도 지금과 달리 장유유서 사상이 아주 뚜렷했고, 당시 공장장은 나보다 거의 20~30살 이상 연장자였으니 더더욱 그랬을 것이다.

그때, 지성이면 감천이라더니 분위기가 바뀌기 시작했다. 이전까지만 해도 도자기의 내수 시장은 위탁판매를 하고 있었는데, 국내 경기가 너무 어려워져 물건이 팔리지 않게 된 것이었다. 공장에 재고가 산더미같이 쌓였고, 앞으로 팔려나갈 기미조차 보이지 않았다. 공장장은 살길을 이것저것 모색하다 '수출을 하자'고 그렇게 간청하던 내가 생각이 났던 것 같다.

하루는 한국도자기의 김동수 사장이 나를 불렀다. 혹시 기회가 오지 않을까 하여 급히 달려갔더니, 그전에 이야기하던 수출 주문 건이 지금도 가능하냐고 물었다. 만일 가능하다면 우리 생산 라인 아홉 개 중 한 개의 생산 라인을 할당해 시험 수출을 하고 싶다고 했다. 믿기지 않았다. 처음에는 하루에 600개씩 산정해 3개월 분이면 36,000개 정도의 주문량을 처리했다. 이렇게 되어서 1차 주문을 받아 생산을 시작한 것이다. 그런데 생산을 시작한 지 한 달이 채 안 되어서 생산량을 3배로 늘릴 테니 360,000개쯤 주문을 받을 수 있느냐는 물음이 이어졌다. 꿈인지 생시인지 구별을 할 수가 없었다. 시간이 지나니 처음에는 하루에 400개도 못 만들던 것이 생산 공정을 갖추며 3,000~4,000개로 늘어나 점차 자신이 붙게 된 것이었다. 그렇게 행복한 소식만 이어질 줄 알았다.

하지만 어느 날, 공장 방문을 하러 가서 끔찍한 사실을 발견했다. 생산을 시작하여 완제품이 나오기까지 불량률이 60%가 넘는 것이었다. 일본공장에서 견학을 했을 때는 불량률이 3%가 채 안되었는데, 믿기 힘든 광경에 말을 이을 수 없었다.

어찌 된 영문인지 단계별로 샅샅이 알아보았다. 우선 도자기는 흙을 반죽하여 제품의 모양을 만들고(성형), 이틀간 건조한다. 이 과정에서 벌써 5% 이상의 불량이 발생하고, 열을 가하여 도자기가 되도록 하는(소성) 과정에서 자그마치 40~50%의 불량이 발생하는 것이었다. 이후 유약을 입히고, 그림을 넣은 뒤 다시 소성하는 과정에서 또 5~10%의 불량이 발생하곤 했다. 판매 가격은 일정한데 이렇게 많은 불량품이 나오니 수지타산이 맞지 않을뿐더러 여기서 발생하는 쓰레기 처리도 큰 골치였다.

당시에는 국제여행이 자유롭지 않을 때였고 더욱이 도기 공원 같은 일반 기술자는 여권을 얻기가 거의 불가능할 때였다. 설사 천신만고 끝에 여권을 받는다 해도 비자를 받을 수가 없으니 기술자를 일본으로 데려가서 교육을 시킬 수도 없는 노릇이었다.

결국 내가 생각해 낸 묘안은 한 달이 멀다 하고 나고야를 가서 한 가지씩 기술을 배워다가 공장 기술자에게 알려주는 것이었다. 또 문제가 있으면 기술자 이야기를 잘 듣고 다시 일본으로 가서 나름대로 배워서 어려움을 해결해가곤 했다. 하여 불량품 비율을 30% 이하로 내릴 수는 있었지만 역시 내가 숙련된 기술자가 아니라서 일본의 능률을 다 배울 수는 없었다.

이렇게 하여 도자기 수출량을 많이 늘렸고, 수년간을 샐러드볼 뿐만 아니라 다른 주문까지 받게 되었다. 특히 커피잔 주문을 받기 시작하면서 수출하는 도자기 공장의 숫자도 많이 증가하게 되었다.

발이 닳도록 다녀 이룬 결과로 많은 공장에 일감을 얻어주었고, 우리나라의 수출에도 큰 기여를 하게 된 것이다. 여기서 또 배운 것은 일이 아무리 어렵더라도 절대로 포기하지 않고 노력하면 하늘이 도와 해결책을 받게 된다는 것이었다.

도자기 수출 사업은 68년에 시작했고, 본격적인 국내 수출은 76년부터 이어졌다. 이전에 생산했던 상품인 거울은 정점을 지나 내리막길에 있을 때였다. 내가 수출했던 단일 물건 가운데 수량으로 가장 많이 팔았던 물건은 거울이고(평균 20,000~30,000개를 생산해서 전량 수출함), 액수로 많이 판 것은 도자기였다. 물론 제품 단위 단가가 높은 TV와 냉장고의 수출액이 훨씬 많았지만 나의 자산은 도자기가 팔리면서 본격적으로 늘어나게 되었다.

어떤 일이든 시작이 있으면 끝이 있는 법이다. 도자기는 수출이 실현되고 수량이 늘게 되니 크고 작은 많은 공장에서 관심을 갖게 되었다. 그러다 보니 수출할 수 있는 품목도 늘어난 것이다. 그러나 맞이하게 된 성공도 언젠가는 끝날 게 분명하니 성공에 심취해 여유만 만끽하고 있어선 안 된다.

내가 앞서 개발했던 여러 제품을 볼 때 시기가 언제인지는 알 수 없지만, 수요가 줄거나 생산 과잉이 되어 출혈 수출을 할 때가 온다는 것을 알고 있었다. 나는 결코 작은 성공에 도취되어 배만 두드리지 않았다. 늘 새로운 기회를 찾아 애썼던 것이다. 사업의

성공의 씨앗을 내 안에 심어라

굴곡을 최소화하는 비법은 바로 여기에 있다. 마치 육상 경기장에서 계주경기를 하는 것과 같이 늘 뛰어야 한다.

인생을 사는 것도 마찬가지다. 어떤 한 가지가 순조롭고 성공적으로 진행이 된다고 하더라도 그 흐름이 끊기지 않게 하려면 이미 성취한 그것에서 얻어지는 동력으로 다음 준비를 철저히 해야만 한다.

나 역시 하나의 상품이 성공했음에도 멈추지 않고, 제품의 수준을 계속 높이고 업그레이드된 사양으로 바이어에게 제공했다. 여기에 착안하여 단일 품목이 아닌 종합품목, 즉 가정용 도자기 세트를 개발하기 시작했다. 다년간의 수출 경험을 바탕으로 모든 유행의 물결은 결국 옛것과 새로운 것이 계속해서 교차된다는 점을 발견했다.

당시에는 복고풍이 불어 14세기의 생활방식이 유행이 되었고, 가정에서 쓰는 그릇과 도자기 제품도 예외가 아니었다. 여기에 착안해 그 당시에 통신 판매 제도의 왕이라고 할 수 있는 JC Penny와 상의하여 27피스 홈 세트를 개발하게 되었다. 이 일은 정말 어려웠는데 우선 우리가 디자인을 개발한 능력이 없으니 제이씨 페니의 디자인팀과 협의하여 개발해야만 했다. 그 과정에서 제품의 모양, 색상, 포장에 이르기까지 일일이 승인을 받아야 했다. 당시 서울과 뉴욕은 옆 동네도 아닌, 상당한 거리가 있는 곳이었으므로 직접 가려고 마음먹어도 적어도 21시간은 걸릴 때였다.

디자인이라는 게 책상 위에서 적당히 도면을 그리면 되는 것이 아니라 실제 생산을 했을 때 기대하는 제품을 얻기 위해서 사전 정보 취득과 시장 분석도 깊이 해야 하는 분야였다. 더욱이 카탈로그는 제품출시 6개월 전에 완성이 되어야 하기에 제시간에 맞추는 것이 여간 어려운 일이 아니었다. 어렵사리 준비된 디자인을 뉴욕으로 갖고 가서 승인받아 오던 기억이 난다. 지금과 같이 인터넷이나 휴대폰 발달되어 있었다면 편하게 의견을 주고받을 수 있었겠지만 말이다.

한 번에 승인을 받으면 그래도 괜찮았지만, 만일 수정이 필요하다면 이 모든 과정을 처음부터 다시 시작해 승인받기 위해 다시 뉴욕으로 가야 하는 번거로운 과정을 거쳐야 했다. 이러다 보니 어떤 때는 김포에서 비행기를 타고 새벽에 뉴욕에 도착을 하면 곧바로 JC Penney 사무실로 가곤 했다. 디자인이 승인되면 그날 저녁 비행기를 타고 새벽녘 서울에 다시 내려 곧바로 디자인을 공장에 전달하는 과정이 이어졌다. 승인된 디자인을 그들에게 이해시키고 난 뒤 제품 생산에 들어갔다. 한 프로그램을 완성하려면 적어도 두어 번은 이런 과정을 거쳐야 했고, 1년에 두 번의 시즌(봄/가을)이 있으니 일 년이면 5, 6번의 당일 출입국을 해야만 했다.

육체적, 정신적으로 힘들었음에도 이렇게 해서 우리 제품이 완성되어 선적하는 걸 보는 기분은 정말 뿌듯하고 기뻤다. 두둑한 카탈로그에 다른 상품과 함께 우리 상품이 실린 것을 보면 마치

올림픽에서 금메달이라도 딴 기분이었을 정도였다. 사업을 해오며 나는 굳건한 믿음이 생겼다. 의지만 있다면 어떠한 일이든 할 수 있다는 이치였다. 한국에서 뉴욕에 이르는 먼 거리도, 시간도 내겐 문제가 되지 않았다. 한국의 제품을 만들어 수출하는 것, 그리고 우리나라 국민이 부강해질 수 있도록 돕는 일에 그 의미가 있었고 삶의 목표가 있었다.

# 가전제품 사업의 문을 열어준,
# 컴퓨터

　당시의 무역 관련 업무는 굉장히 복잡했다. 전산화하면 좋겠다고 생각하던 와중에 미국에서 미니컴퓨터를 구매해 들여왔다. 이전까지는 컴퓨터를 본 적도 없었기에 왠지 이 기계를 들여오면 모든 수입 수출 업무를 자동화할 수 있을 것만 같았다. 이 점을 굳게 믿고 투자 명목으로 큰돈을 들여 사온 것이었다. 컴퓨터가 도착하던 날, 모든 직원을 모아놓고 파티를 하던 때가 떠오른다. 직원들에게 이제 드디어 우리가 컴퓨터를 들여왔으니 그동안 서류를 작성하느라 힘들었던 것에서 해방될 수 있음을 강조했다. 이 때가 아마 1976년이었을 것이다.

　단순히 컴퓨터만 들여오면 다 해결될 것이라는 생각을 하고 있었지만, 실제는 생각과 달랐다. 우리가 원하는 모든 일을 해준다는 것은 나의 착각이었을 뿐이었다. 얼마 후 컴퓨터는 하드웨어에 불과하고, 우리가 해야 하는 일은 소프트웨어를 개발해야 하는 것임을 깨달았다. 여러 복잡한 설명을 듣고 보니, 전혀 생각지도 못한 문제를 마주한 것 같았다. 사만 달러 정도의 큰돈을 들여서 가져온 기계였지만, 그 앞에서 나는 문외한이었다. 내가 참 바보였다는 생각이 들었다. 컴퓨터가 해줄 자동화된 시스템에 걸었던 기대가 컸던 만큼 실망도 컸다.

다행히 친구 중 프로그래머가 있었다. 당시 한국에서 알아주는 사람이었다. 그 친구에게 무역 프로그램을 만들어 달라고 부탁을 했고, 하루에 몇 시간씩 앉아 그에게 수입 수출, 재고관리, 일반 경리와 관련된 모든 절차 등을 설명해 주었다. 결국 해당 프로그램을 완성하는 데 근 2년 반이 걸렸다.

마침내 자동화 프로그램을 완성한 것이었다. 드디어 컴퓨터가 쓸모 있게 된 것 같아 기뻤다. 그런데 직원들이 한동안 이 기계를 사용하지 않았다. 특히 이 기계를 제일 많이 써야 될 경리과 직원이 쓰지 않는 것이었다. 알고 보니 그들의 입장도 이해가 되었다. 그때는 전부 전표에 도장을 찍고 결제하는 방식이었다. 하지만 컴퓨터는 제대로 보이지도 않아, 과연 내가 제대로 했나 걱정이 되었던 것이다. 컴퓨터 자체가 익숙하지 않을뿐더러 기계가 하는 일에 대한 불신이 있던 상황이었다.

일상의 서류는 서류대로 만들고 컴퓨터는 컴퓨터대로 입력을 해야 하니 직원들에겐 이중의 일이 되었다. 직원의 업무 효율성을 높이기 위해 책상에 하나씩 모니터를 배치해 놓았지만 실제로는 워드 프로세스 용도로밖에 사용되지 않고 있었다. 처음에는 이렇게 기초적인 어려움을 겪으며 또 일 년이 지나서야 더욱 발전된 프로그램이 만들어질 수 있었다. 그나마 기능을 할 수 있었던 것이다.

당시 한국에서 컴퓨터로 업무를 처리하는 회사는 아무 데도 없었던 것으로 알고 있다. 삼성전자에서도 하드웨어 생산은 시작되었지만 소프트웨어는 아직 개발이 안 된 상태였다. 어떻게 알았는지 삼성전자에서 우리 프로그램을 구입해 COEX에서 전시하고, 삼성 명의로 하드웨어와 묶어 프로그램을 팔자는 제안을 해왔다. 그런데 거래 조건이 맞지 않아 결국 실현되지는 않았다.

그러나 이것이 인연이 되어 가전제품 수출의 문을 열 수가 있게 되었다. 삼성, 금성, 대우 등 가전 3사는 모두 미국에 현지 법인과 지사를 갖고 있었다. 당시에는 Sony, Hitachi, Panasonic 등 일본의 가전제품이 거의 시장을 점유하고 있던 상황이었는데, 한국의 브랜드는 별로 인기가 없었을 때였다. 따라서 가전 3사 모두 미국 시장을 넓히느라 온갖 노력을 하고 있을 때였다. 내게도 협업 요청이 들어와 우리 고객사에 추천을 하여 수출을 시작하게 되었다. TV뿐 아니라 오디오, 냉장고, Microwave, VCR 등 전 종목의 제품을 수출하게 되었으며, 삼성뿐 아니라, 금성과 대우의 제품도 판매하는 쾌거를 올리게 되었다.

이렇게 하여 수년간 상당히 많은 양의 가전제품을 수출할 수 있었다. 가전 3사 모두 현지 법인을 가지고 있었으므로, 자사 간의 거래가 아닌 타인으로서 이 제품을 미국에 판매한 사람은 나

성공의 씨앗을 내 안에 심어라

밖에 없었던 것으로 알고 있다. 더구나 금성사의 VCR은 내가 최초로 수출한 사람이었던 것으로 알고 있다. 그러나 성공은 이어지지 않았다.

여기서 또 암초를 만나게 된 것이다. 모든 가전제품은 사후서비스(AS)를 해야 하는 것이 원칙이었다. 미국 전국에 수출할 때 이 AS가 되어야 한다는 것이 법인데, 나는 단순히 수출한 사람이었기에 AS망을 갖출 수가 없었던 것이다. 미국 내 가전 3사의 서비스망을 이용해 문제를 처리하고자 했지만, 현지 법인들은 본인들이 판 물건도 아닌데 뒤치다꺼리만 해주는 상황에 불만이 있었다. 문제가 발생할 때마다 계속해서 가외 서비스의 경비가 지출되니 마침내 사내에서 큰 이슈가 되기 시작하였다. 내가 수출하는 물량이 많아지면 많아질수록 현지 법인이 담당하는 경비 역시 커지니 자연히 불만도 높아지게 되었다. 결국 수출 창구를 일원화하기로 하여 나는 이 제품의 수출을 그만둘 수밖에 없었다. 당시로서는 엄청난 금액인 수천만 불의 수출을 더는 할 수 없게 된 것이었다.

전자제품 사업을 시작하던 시기

성공의 씨앗을 내 안에 심어라

# 첫 번째 찾아온
# 이민 기회

　　1960~1970년대 대부분의 한국 사람들은 미국은 부자의 나라, 기회의 나라, 꿈의 나라라는 생각을 했던 것 같다. 나 역시 언젠가는 미국에 한 번 가보았으면 하는 동경을 품고 있었으니 말이다. 그도 그럴 것이 미국에 대하여 내가 아는 것은 그저 영화를 통해 본 거창하고 아름다운 이미지뿐이었다. 광활한 숲과 아름다운 자연, 그리고 다채로운 음식과 행복해 보이는 사람들 등등. 당시 한국의 상황과 비교하면 마치 천국처럼 보였다.

　　나도 미국에 가서 살 수 있었으면 하는 생각을 늘 갖고 있었던 것 같다. 그러던 중 군대에 있을 때 첫 번째 미국으로 갈 수 있는 기회가 생겼다. 미군 사령관이 본인이 추천을 해줄 테니 미국에 가지 않겠냐는 제안을 한 것이다. 당시 조건은 미국에서 훈련을 받고 난 뒤 미군이 되어 다시 한국에 돌아와 근무하는 것이었다. 그렇게 3년을 근무하면 시민권이 나오는 상황이었다. 한참 생각해보니 그건 아무에게나 주어지는 기회가 아니었다. 추측하건대 함께 근무하는 중대장과 작전 과장이 사령관에게 나를 추천한 듯 싶었다.

과거 나의 근무지는 UN군 산하의 판문점이었는데, 그곳에는 늘 크고 작은 사건들이 터지는 곳이었다. 작전과에서 근무하는 동안 내가 일 처리를 잘하였기 때문에 그들이 나의 모습을 좋게 봐준 것이 아닌가 싶다. 군 생활을 하는 동안 주말 외출을 제하고는 단 하루도 휴가를 가보지 못할 정도로 바쁘게 일을 처리했으니 말이다. 맡은 일은 책임감 있게 잘 완수해내려는 타고난 나의 성향 덕분이었던 것 같기도 하다.

흔히 주어지는 기회가 아니라는 것은 분명 알고 있었다. 더욱이 대부분의 사람들은 이런 좋은 기회가 주어졌을 때 서슴지 않고 즉각 승낙했을 것 같다. 나 역시 많은 고민을 했으니 말이다. 하지만 내내 망설이다가 결국 가지 않기로 결정했다. 늘 꿈꿔왔던 도전과 기회의 땅, 미국에 가는 것은 좋았지만 사병이 돼서 3년 근무를 하는 것이 큰 기회비용이라고 생각했기 때문이다. 더욱이 시민권을 받았다 해도 그 다음에 군인이라는 직업을 가져갈 생각이 없었다. 첫 번째 미국으로의 이민 기회가 내게 주어졌지만, 나는 훗날 더 큰 미래를 위해 과감히 그 길을 포기했다. 돌이켜보니 그때 그런 결정을 내린 것이 인생의 전환점이 되어주었던 것 같다.

군인이 아닌 사업가로서 다양한 아이템을 발굴해 해외에 수출

성공의 씨앗을 내 안에 심어라

하고, 또 도전하고 성취하는 기쁨을 얻었으니 말이다. 인생에서
는 순간마다 다양한 기회가 찾아올 수 있다. 겉만 보고 무조건 그
기회를 잡으라고 말하기보다 나의 성향, 취향, 그리고 더 먼 미래
까지 고려해 현명한 선택을 하는 편을 추천하고 싶다.

판문점 군 복무 시절

# 사진 액자 1
### - 틈새를 찾아라

거울 사업을 하면서 수많은 역경을 경험했고, 이 제품 생산에 관한 남다른 노하우를 축적할 수 있었다. 특히 은경을 입히는 과정을 알루미늄 진공법으로 바꾸는 데 성공하였는데, 이는 무공해 공법으로 안방에서 생산해도 괜찮을 정도로 안전했다. 물론 이 기술을 내가 처음 개발한 것은 아니지만, 거울과 같은 제품에 적용한 것은 내가 최초인 것으로 알고 있다. 이와 같은 공법의 기계는 일본을 비롯한 홍콩, 태국, 싱가포르 그리고 나이지리아까지 수출할 정도로 그 기술력을 인정받았다. 이로 인해 세계 여러 나라의 거울 공장에서 우리는 나름대로 인정을 받는 위치에 설 수 있었다. 이후 거울 공장은 내가 미국으로 이주하게 된 진짜 동기가 되어주었다.

당시 미국에는 크고 작은 많은 거울 공장이 있었지만 모두 초산은을 쓰는 공장이어서 공해물질을 많이 배출했다. 이를 방지

하기 위해서는 공장의 시설을 바꾸거나 공해 방지 시설을 함께 설치하는 방법 등이 있었다. 그 상황 속에 내가 개발한 공법은 무공해일 뿐 아니라 생산 단가도 저렴해 상당한 경쟁력이 있었다. 이 공법을 미국으로 옮겨오면 큰 성공을 할 수 있을 것 같은 생각이 들기 시작했다. 이후 미국 시장에 맞는 규격의 기계를 특별주문하여 미국으로 가져와 생산하기로 결정했고, 하나씩 그 계획을 실천하게 되었다.

기계를 미국에 보낸 뒤, 본격적으로 설치하기 전에 공장운영 환경을 조사하고자 했다. 샌디에이고에서 국경을 넘어서면 멕시코인 티화나에 많은 공장들이 있어 비슷한 공정 제품을 만드는 공장을 견학하기 위해 몇몇 공장을 둘러보게 되었다. 그러던 중 지금까지 내가 상상도 못했던 사실을 알고 기절할 뻔했다.

남가주에서 공장을 하자면 대부분의 직공이 이곳 티화나와 같이 히스페닉계인데 (같은 사람들) 공원의 이직율이 월 60%라는 것을 알게 되었기 때문이다. 지금까지 나의 경우, 나름대로는 공장을 직접 운영도 해보고 다른 나라의 공장도 방문하고, 거래해왔기에 운영에는 통달해 있다고만 생각했다. 하지만 미국 내 공원들의 이직률이 이렇게 높을 줄은 몰랐던 것이다.

자, 결단이 필요할 때였다. 두말할 것도 없이 공장 운영을 포기하는 수밖에 없었다. 이런 환경에서 공장을 운영한다는 것은 마치 실업자 구제를 하는 것과 같았으니 말이다. 나 나름대로는 사전 계획을 철저히 했지만 이런 결과를 초래했으니 정말 당황스러웠다.

다시 '0'에서 새로운 시작을 해야 하는 상황이었다. 전에도 '0'에서 시작한 적이 여러 번 있었지만 지금까지는 그 환경이 한국이었다. 하지만 여기는 미국이고, 완전히 빈손이 되었으니 사정이 분명 다를 것이었다. 그래도 좌절하지 않고, 빠르게 새로운 길을 찾아 나서야 했다. 타국에 와서 얼마 되지 않았으니 아는 사람도 없고, 사막에 불시착한 격이었다. 그렇다고 한숨만 쉬고 앉아서는 아무것도 될 일이 없으니 평소보다 두 배 세 배 더 노력하는 수밖에 없었다.

이제 조사해야 하는 것은 이 시장에서 무엇을 필요로 하고, 내가 할 수 있는 것은 무엇인가라는 것이었다. 그 첫 단계로 가능한 한 많은 쇼핑몰을 방문하여 시장을 배우기로 했다. 거리가 먼 곳을 포함하여 알만한 쇼핑몰은 모두 찾아다니던 중 한 가지 가능성과 틈새를 발견하게 되었다.

그것이 바로 프레임이었다. 나중에 알게 된 것이지만 미국 가정에서 가장 많이 쓰는 것은 첫째가 백열전구, 그 다음이 프레임이었다. 백열등은 미국 가정당 평균 105개가 쓰이고, 프레임은 80개 정도 쓰일 정도로 많이 소비되는 품목이었다.

미국에 오기 전에 여러 종류의 프레임을 수출하고, 나무 프레임의 경우 직접 공장도 운영했던 터라 이 제품이라면 경험도 지식도 갖고 있었기에 그대로 도전해 볼 만하다고 생각했다. 본격적으로 시장 조사를 시작했다. 당일 운전해 다녀올 수 있는 곳이라면 유명한 백화점은 물론이고 길거리도 샅샅이 살펴보았다. 특히 도시 중심에 길이 트인 곳이면 개인 샵이 줄지어 있었는데, 대부분의 상점들은 참신한 디자인이나 새로운 제품을 진열해두어 내게는 많은 도움이 되었다.

이런 것을 현지에서는 컴샵(Come-shop)이라고 부르는데, 지금과 같이 인터넷이 발달한 사회에서는 이런 일들을 모두 앉아서 검색하는 것이 가능하다. 하지만 정보가 부족한 당시에는 일일이 발품을 파는 수밖에 없었다. 이런 정보수집을 하기 위해 나는 미국에서 열리는 거의 모든 상품전시회는 물론 유럽에서 열리는 메이져 쇼에 참석했다. 오랜 기간 어렵게 수집한 정보를 종합 분석한 결과 다음과 같은 결론을 얻을 수 있었다.

프레임의 시장 규모가 약 15억 달러일 정도로 크다는 것, 종류로는 순수 선물 제품과 일반적인 사진 액자(탁상용, 벽걸이용) 등으로 구분할 수 있다는 것이었다. 선물 제품은 수도 없이 많은 디자인이 있었음에도 그 개별적 소비량은 크지 않았다. 인기가 있는 제품 대부분의 프레임은 탁상용이거나 벽걸이 제품이었다. 시장조사를 하며 발견한 가장 중요한 점은 상점에 진열된 90%의 프레임이 미국에서 생산하는 제품이라는 것이었다.

하지만 그것들은 전부 자동 기계로 만들어져 디자인이 단순하다는 특징이 있었다. 동시에 가격은 쌌지만 품질이 별로 좋지 않았다. 그리고 이 제품을 생산하는 공장도 네 개밖에 없었다.

이후의 일들을 순서대로 정했다. 이제 해야 할 일은 미국제품보다 월등하게 좋은 품질의 제품을 만드는 것이었다. 디자인, 피니싱 및 우리가 다양한 재질로 개발하면 설사 가격이 비싸더라도 잘 팔릴 것 같았다. 사람은 누구나 자기 사진을 아름답게 보여주고 싶은 욕구가 있을 뿐 아니라 프레임 자체가 집안의 가구와 잘 어울리는 액세서리로서의 용도도 중요했기 때문이다.

내가 최종적으로 큰 결정을 해야 할 시기라고 생각했다. 수요에 맞는 제품을 생산하기 위해 하나부터 열까지 모두 고려했다. 우선 어떤 자재를 사용할 것인가, 어디서 생산할 것인가. 지난 수십 년간 수많은 제품을 개발해보았고, 수많은 공장을 방문해보았으며, 온갖 종류의 원자재에 대한 구매처와 원산지를 많이 알고 있었던 것이 큰 밑천이 되었다. 오랜 경험을 통해 누구보다 강점이 있다는 것이기도 했다. 확실히 준비한 자료로 맛있는 요리를 하면 되는 것이었다.

당시 중국이 개방되지 않았을 때라 태국과 인도네시아를 방문하여 알맞은 공장을 찾으면 되었지만 그 역시 쉽지는 않았다. 모두가 알다시피 아시아에서는 프레임을 별로 사용하지 않기 때문에 프레임 생산 공장이라고는 찾아볼 수 없었기 때문이다.

한국에서 도자기나 거울을 개발할 때와 같은 상황이었다. 어떠한 나라라도 나무로 제품을 생산하는 공장이면 무조건 가서 프레임 상품 생산을 의뢰했다. 태국에는 프레임 공장은 없었지만 불교 국가라서 불기(절에서 제사 지낼 때 사용하는 용기들)를 생산하는 작은 공장이 아주 많았다. 이 나무 불기는 모두 핸드 메이드였

성공의 씨앗을 내 안에 심어라

고, 제사를 지내는 데 사용하는 것이므로 아주 정성껏 페이퍼질과 칠을 하는 과정이 들어갔다. 만일 이 기술과 해당 제품에 쏟는 정성을 프레임에 적용만 할 수 있다면 세상에서 가장 좋은 프레임을 만들 수 있을 것 같았다.

시간이 지나면 지날수록 점점 더 희망이 보이고, 자신감이 생기기 시작했다. 더해서 가격만 잘 쳐주면 프레임을 생산해주겠다는 공장의 수도 계속 늘어갔다. 이제 마지막 단계로 어떤 나무를 마감 처리해 제품으로 만들까를 결정할 차례였다. 당시에 태국에서는 티크재로 만든 가구를 수출하기 시작하였는데, 가구는 비교적 큰 사이즈의 목재를 사용하였다. 여기서 파생되는 자투리 나무가 상당히 많다는 것을 발견했다.

탁상용 프레임을 만드는 데는 큰 규격의 획일적인 목재가 아니고도 가구공장에서 나오는 자투리 나무로도 충분히 만들 수 있는 제품이라 생각했다. 특히 가구공장에서 버리는 자투리 나무를 가져다 프레임을 생산하면 원자재 값이 거의 '0'에 가까우니 제품을 아주 싼값에 만들 수 있을 것이라 판단했다.

티크재는 색상과 나뭇결 그리고 표면이 아주 좋아서 프레임을 만들어놓으니 정말 특상품이었다. 이제 여섯 개의 공장과 계약을 하고 주문을 주고 샘플만 들고 와서 미국 거래처에 보여주었더니 생산할 수 있는 만큼 다 사줄 테니 얼마나 많은 양을 공급할 수 있느냐고 물어왔다. 그때까지는 미국에서 이렇게 좋은 품질의 프레임을 본 적이 없었기 때문이었다. 내가 제공한 나무 자재,

색상, 피니싱 모두 간단하면서도 품위 있는 디자인이었다.

이렇게 하여 1차 개발은 기대하였던 것보다 수십 배 더 큰 성과를 얻게 되었다. 그야말로 보물섬을 찾은 느낌이었다. 더 많이 생산하면 더 많이 팔 수 있고, 가격을 올리면 올리는 대로 받아주니 이익률을 최대한으로 늘릴 수 있었다. 이렇게 되니 공장의 수를 늘리고, 가동 중인 공장은 생산량을 늘리느라 일 년의 1/3은 태국에 체류하게 되었다. 이렇게 해서 늘어난 태국의 공장 수가 무려 스물여섯 곳이나 되었다. 아무리 소형공장이라 할지라도 상당히 많은 공원이 일하게 된 것이다. 약 40,000명의 공원이 우리 공장에서 제품을 생산하게 되었다.

장사도 장사였지만 가난한 나라 출신인 내가 온전히 내 소유의 공장은 아니었어도 이 많은 사람들에게 일자리를 주고 있다는 것에 마음 뿌듯하고 자부심까지 갖게 되었다. 타국인 방콕 시내에서 어깨를 펴고 다닐 수 있게 된 것이었다. 미국의 거의 모든 소매상이 나의 제품을 판매하게 된 것이다.

이렇게 5~6년간 그야말로 황금기를 맞게 되었다. 그러나 항상 그렇듯이 아무리 좋은 것이라도, 또 독점 판매를 하더라도 영원한 것은 없다. 이렇게 많은 프레임을 미국 시장에 쏟아부었더니, 아주 많은 경쟁자가 생기기 시작한 것이었다. 이뿐만이 아니었다. 경쟁자 이외에 또 다른 예상치 않았던 변수가 생긴 것이다. 미국의 법이 바뀌어 티크재가 멸종위기 식물로 분류되어 더 이상 수입이 허용되지 않았다. 시장의 수요는 전혀 줄지 않고 있었다.

곧바로 대체 원료를 개발해야 했다.

일반적인 생각으로 아열대 지방인 태국에는 목재가 많을 것으로 생각했는데 목재로 사용할 수 있는 나무가 그리 많지는 않았다. 그렇지만 태국은 고무의 나라여서 고무나무는 많이 있었다. 대체재로 고무나무를 생각했으나 분명 한계가 존재했다. 고무나무의 경우 6년이 지나면 고무생산이 줄어들어서 잘라 버리고 새로운 나무를 심어야 하므로 목재로 사용할 만큼 큰 나무는 없었다. 게다가 나무 자체는 단단하지만 결이 일정하지 않고 휘어지는 경향이 있었다. 그보다 더 어려운 점은 표면처리와 도장(채색을 하는 과정)을 하는 데 있었다.

여러 분야를 연구하고 실험한 결과 티크재와 같은 제품은 만들수 없었지만 그래도 표백해서 채색하면 어느 정도 사용이 가능하게 만드는 데까지는 도달할 수 있었다.

그러나 소비자들의 판단은 전과 같지 않았다. 달라진 품질에 반응이 아주 싸늘해진 것이었다. 판매량이 갈수록 줄어들고 말았다.

그런데 갑자기 IMF가 발생했다. 온 세상이 혼돈 속에 빠지게되었으며, 특히 태국은 환율이 1$가 26.1THB였던 것에서 하룻밤 사이에 1$가 52THB로 변하게 되었다. 온 세상 사람들이 눈물을 흘리고 있는데 나는 복권에 당첨된 것과 같이 횡재를 하게되었다.

물론 미국에서 장사하니 주문은 달러로 받았고, 구매가격은 반으로 내려갔으니 이미 받은 모든 주문량의 정상적인 이윤에 환차이익 50%까지 더하니 어마어마한 가외의 이익이 발생하게 된 것이었다. 주문 금액이 $3,000,000가 더 되었으니 평상이익 20%인 $600,000에 구매 가격 차가 $1,200,000이나 추가 발생하였으니 모두 $1,800,000의 이익이 생기게 된 것이었다. 당시의 가치로 보면 상당한 금액이었다. 주문은 계속해서 추가되고 있으니 실제 이익은 이보다 훨씬 많은 것이었다.

내 마음속엔 생각지 않던 고민이 생기고 말았다. 이 추가이익을 나 혼자 꿀꺽한대도 아무도 불평할 사람이 없었지만 내 노력이 전혀 들어가지 않은 것이므로 온전히 내 것이라고 하기에는 어딘가 걸리는 것 같은 느낌이 들었다. 고민하다가 드디어 결론을 내렸다.

가외로 발생한 이익 $1,200,000을 3등분하여 1/3은 공장에 주고, 1/3은 거래처에 그리고 나머지 1/3은 내가 갖기로 한 것이었다. 각각 통보했더니, 거래처도 공장도 처음에는 내가 무슨 소리를 하는지 이해하지 못했다. 되묻고 반복하다가, 심지어 공장에서는 내가 가격을 깎아달라고 하는 것으로 잘못 이해를 할 정도였다. 그러나 잠시 후 이해를 하고서는 모두 내게 연신 감사를 표했다. 어찌 되었든 이 일을 통해 나와 깊은 신뢰 관계를 형성한 거래처에서 계속해서 주문을 넣었다. 결과적으로 내가 열 배 이상의 이득을 볼 수 있었다. 단기의 이익을 홀로 가지려고 하지 않고, 모두에게 공평하게 나눠주었던 당시의 선택이 참 옳은 것이었다고 생각한다.

원료는 티크재에서 고무나무로 바뀌고 경쟁은 점점 더 심해지며 수요는 줄어드는 상황이 되었으니 또 새로운 길을 찾아야 했다. 특히 사업은 계속해서 새로운 요릿감을 찾아 헤매는 것처럼, 늘 번뜩이는 아이디어를 찾아 헤매야 했다. 그것이 사업의 정수이자 차세대를 위한 나의 임무라는 생각이 들었다.

# 사진 액자 2
## - 한계를 극복하는 인내의 힘

　고민하고 실패하고를 되풀이하는 동안 흔히 말하는 3세대니 4세대니 하는 것과 같이 1세대(나무제품)와 3세대(첨단기술을 접목하는 것)를 생각하게 되었다. 지금까지와 전혀 다른 모양과 방법의 제품을 개발하게 된 것이었다.

　당시에는 첨단기술에 속하는 레이저를 이용해 나무에 'Christmas'나 'Birthday' 등 아주 좋은 문장을 새겨 넣을 수 있었다. 그 전에 누구도 활용하지 않았던 이공법이라는 방식이었다. 더욱이 한창 인기 절정의 Mickey mouse와 같은 문양을 아주 예쁘게 새겨넣을 수도 있었다. 전문작가에게 아름다운 메시지를 의뢰하고 제품을 완성하여 소비자에게 보여주었더니 두말할 것도 없이 긍정적인 반응이 이어졌다. 가격 협상도 없이 생산할 수 있는 만큼 사겠다는 답변이 돌아왔다. 금년 크리스마스 때까지 최소한 2,000,000 개를 생산할 수 있느냐고 물었다.

　　　　　　　　　　　성공의 씨앗을 내 안에 심어라

하지만 바로 문제가 발생했다. 금광을 발견한 것처럼 기뻤지만, 태국에 가서 상황을 알아보니 해결해야 할 문제가 산더미처럼 쌓여 있었던 것이다. 처음 태국에서 프레임을 개발할 때는 티크재의 조각을 사용해 전혀 문제가 발생하지 않았다. 하지만 티크재의 수출이 금지되어 여러 방법을 찾다가 고무나무로 대체했는데, 이 새 제품에는 고질적인 한계가 있었다. 나무의 면적이 넓고 메시지를 전달하기엔 고급스럽게 표면을 피니싱할 수 없다는 것이었다. 메시지를 전달하기엔 원료 자체가 고급스럽지 않은 것이었다.

그리고 마지막 피니싱 작업은 모두 손으로 해야 하는데, 공장 규모가 작아 공원의 수가 500~600명밖에 되지 않아 하루에 2,000개밖에 생산할 수 없다는 것이었다. 다른 제품 생산은 중단하고 여섯 개의 공장을 다 써도 12,000개밖에 생산할 수 없으니 필요한 양의 반도 채 되지 않았다.

하지만 이 두 가지 문제보다 더 어려운 것은 바로 레이저 기계였다. 레이저 기계는 한 대당 생산량이 정해져 있으므로 특정 개수 이상의 상품을 생산하기 위해서는 기계 대수를 늘리는 것밖에 답이 없었다. 내 인생의 마지막 기회가 주어졌는데, 정말 당혹스러웠다. 놓치기 싫은 기회 앞에서 나는 서성거렸다. 하지만 아무리 해도 해결책을 찾지 못해 잠시 미국으로 돌아와 우선 내 마음을 차분히 가라앉혔다. 그리고 다시 처음부터 시작하기로 했다.

첫째 문제였던 대체 나무를 찾기 위해 나무 산지인 시애틀과

밴쿠버를 방문하여 목재상을 골고루 돌아다녔다. 어떤 나무가 가장 이 제품에 적합하며, 많은 양을 단기간에 선적할 수 있으며, 가공이 쉽고 값이 적절한지를 찾던 중 메이플우드와 오리나무라는 두 가지 나무를 찾게 되었다.

모두 견목이라 표면이 고와서 우리 제품을 만들기에 적격이었다. 둘을 비교해보니 메이플우드는 값이 비쌀 뿐 아니라 색이 너무 밝았고, 오리나무는 약간 불그레한 색이 났지만 나무의 결이 아주 좋아서 고급 나무같이 보였다. 나무에 옹이가 많은 것이 문제이긴 했지만 피니싱을 해놓으면 칠을 안 해도 칠한 것 같은 표면을 갖고 있었다. 꼼꼼히 따져본 뒤 오리나무를 사용하기로 결정하고 프레임 견본을 만들어 거래처에 보냈다. 드디어 승인을 받게 되었다. 어려운 세 가지 문제 중 하나는 해결을 한 것이었다. 두말할 것도 없이 대량의 나무를 주문하여 당장 선적을 시작하기로 했다.

그 뒤 생산량과 관련된 문제를 해결해야 했는데, 여러 가지를 고민하다 도자기를 개발할 때 나고야에서 체험한 것이 생각났다. 철저한 분업을 하게 되면 생산성이 많이 높아진다는 것이 떠올랐다. 규모에 제한이 있는 하나의 공장에서 전 공정을 하는 것보다 분업을 하는 게 더욱 효과적일 것 같아 실행해 보았더니 아니나 다를까 생산량이 세 배나 늘어나게 되었다. 어렵게만 보이던 문제를 골똘히 연구하니 바로 해결할 수 있었다.

이제 한 가지 문제만이 남았는데, 그것이 바로 레이저 공정이

성공의 씨앗을 내 안에 심어라

었다. 이것은 다른 특별한 방법이 없었다. 기계는 대당 생산량이 정해져 있으니 기계 수만 늘리면 되는 것이었다. 하지만 그 기계 값이 많이 비싸서 여러 대의 기계를 한꺼번에 구매할 수 있는 능력이 있는 공장은 단 한 곳도 없었다. 그렇다고 나 역시 그 많은 돈을 가지고 있지 않았기에 기계공장과 협의를 하여 외상으로 구매하기로 했다. 마흔여덟 대의 기계 대금을 분할해서, 매 선적마다 일부 공제하는 방법으로 지불했다. 나로서는 적지 않은 돈인데 큰 리스크이기도 했다.

이렇게 하여 어려운 세 가지 문제를 모두 해결할 수 있었다. 본격적으로 모든 공장이 24시간 풀가동하여 선적을 시작하였고, 이 제품이 워낙 잘 팔려 가게에 도착하는 즉시 선반에서 사라지곤 했다.

문제를 해결하기 위해 열심히 고민하고 발품을 판 결과였다. 계속해서 주문이 들어왔다. 말 그대로 돈방석에 앉게 된 것이다. 추가적으로 계속 디자인을 업데이트하였는데, 원래는 크리스마스 대목을 목표로 하였지만 계절과 시기에 맞게 바꾸어 나가니 늘 새것처럼 인기가 있었다. 봄, 여름, 가을, 겨울, 그리고 어버이날 등등 컨셉은 다양했다. 안주하지 않고 디자인을 계속 바꾸어 나간 것이 꾸준한 판매에 도움이 될 수 있었다.

내 생애 이렇게 많은 돈을 벌어보기는 처음이자 마지막이었다. 이 제품이 인기를 독차지하던 2년 반 만에 자그마치 26,000,000개를 경쟁자 하나 없이 팔았으니 말이다. 갑자기 눈물이 핑 돌았다. 생애 처음 갖고 있던 모든 금고가 가득 차게 된 것이었다. 심적, 경제적으로 여유가 생기기 시작하니 어린 시절 겪었던 모든 어려움이 떠올랐다. 그리고 어린 내게 희망이었던 선생님의 존재와 이런저런 도움을 주셨던 분들이 생각났다.

그들의 도움에 보답하라고 하나님께서 기회를 주신 게 아닌가 하는 생각이 들어 회심의 눈물이 돌았다. 내가 이렇게 사업적으로 성공할 수 있었던 것이 물론 나의 노력도 있었겠지만, 그것만으로는 도저히 여기까지 올 수 없었을 것이라는 확신이 들기 시작했다. 이 시기를 기점으로 이제 내가 할 수 있는 한 가진 것을 모두 동원해 남을 돕자는 마음이 강해졌다. 특히 교육의 씨앗을 심고 싶었다.

성공의 씨앗을 내 안에 심어라

사진 액자 자료

Chapter 5.

# 기부자,
# 나눔의 씨앗을 심다

# 경쟁은 세상을
발전시키는 원천

여러 사업을 진행하며 경쟁은 나의 삶에서 떼려야 뗄 수 없는 부분이었다. 특히 경쟁은 말 그대로 해석하면 같은 방향으로 가는 사람들끼리 서로 선두를 차지하기 위하여 최선의 노력을 다하는 것이라고 생각할 수 있다. 언뜻 생각하면 경쟁이라는 것은 사람을 괴롭히는 것이라고 생각하기 쉬운데, 나는 경쟁은 세상을 발전시키는 원천이라고 생각하고 싶다. 인간사회에서 경쟁이라는 것이 없다면 현재 우리가 누리고 있는 문명의 혜택은 누릴 수 없었을 것이다. 물론 나라마다 경쟁에 대한 인식이 다를 수 있다.

예를 들면 미국은 경쟁이 영웅을 만들어내는 과정이며, 일본은 경쟁 자체가 그룹의 힘으로 이겨나가는 것을 의미한다. 하지만 한국은 경쟁이라고 하면 개인이 무조건 상대를 끌어내리고 짓밟는 것으로 생각한다. 이렇게 경쟁에 대한 다양한 생각이 존재하는데도 경쟁을 부정적으로만 보는 시선은 아주 어리석은 것이라 생각한다.

실제로 나는 여러 사업을 경험하며 이러한 과정을 곁에서 많이 봐왔다. 문화적 차이를 느끼며 여실히 깨달은 것이다. 예를 들어 미국의 사례를 보자. 대부분의 미국 사람들은 올림픽에서 메달을 따면 금이든, 은이든, 동이든 묶어서 메달리스트라고 부른다. 하지만 한국은 금메달이 아니면 모두 낮잡아 표현한다. 세계 대회에서 은메달을 딸 실력이라면 분명 전 세계에서 2등이라는 뜻인데, '에이, 그까짓 은메달을 따가지고 뭐 그리 자랑을 하는가'라고 생각하는 것이다.

과연 왜 그럴까 깊이 생각해보니 경쟁자를 모두 제치지 못했으니 경쟁에서 이긴 것이 아니라고 생각해서 그런 것 같다. 다시 말해 한국에서 경쟁이라는 것에 대한 생각은 상대방을 완전히 제거해야만 되는 것으로 믿고 있는 것만 같다. 그렇지만 은메달이 없으면 금메달도 없다.

경쟁자가 있으므로 1등은 더욱 좋은 성적을 낼 수 있다. 100m 경주를 할 때 1등 하는 사람이 뒤에 바짝 뒤쫓아오는 2, 3등 덕분에 더 좋은 성적을 낼 수 있지 않은가. 경쟁자 덕분에 최선을 다하여 그 자리를 빼앗기지 않으려 안간힘을 다 써서 달릴 수 있는 것이다.

이 원리는 사업이나, 학생이나, 기술자나 심지어는 농사를 짓는 사람들에게도 똑같이 적용된다. 내가 직접 경험한 이치이기도 하다. 만일 같은 시장 안에서 경쟁자를 죽일 듯이 미워하고,

싹을 잘라 버린다면 과연 그 행복이 지속될 수 있을까? 같은 시장 안에서 경쟁자를 제치면 내가 모든 수익을 다 얻을 수 있겠다고 착각하지만, 실제로는 그렇지 않다.

시장 자체의 규모가 줄어들어 독점하게 된 본인 또한 이익을 오래 유지할 수 없다는 것을 나는 오랜 경험을 통해 알고 있었다. 앞서 갑자기 얻은 수익을 사업을 하는 이들과 공평하게 함께 나누었던 일화가 있을 것이다. 홀로 그 수익을 다 가져가도 괜찮았을 테지만, 나는 건강한 거래와 사업을 지속해나가고 싶었다. 결국 그들은 나를 믿고 또 다른 거래를 약속했다.

그렇다면 사업의 기준을 어디에 두어야 할까. 어떻게 해서든지 소비자들이 만족하고, 즐거워하는 데 두어야 한다. 일 자체에 흥미를 느껴 누가 시키지 않아도 하려는 의지를 가져야 한다.

괜한 경쟁자에게 시선과 힘을 뺏기는 것보다 내가 가진 원재료에 집중하고 소비자의 욕구를 충족시키는 것에 집중하면 자연히 내가 할 수 있는 것 중 가장 잘하는 것에 도달하게 된다. 내게는 그 아이템이 바로 프레임이었다. 다년간의 경험을 바탕으로 쌓아온 노하우, 꾸준히 넓혀온 사람들과의 관계와 아이템 자체의 경쟁력, 끊임없는 연구를 통해 안주하지 않고 발전시켜 나갈 수 있었다. 만일 경쟁자를 시장 내에서 모두 없애겠다는 생각을 했다면, 내게도 결국 이득이 되지 않았을 것이다.

결국 나는 적당한 경쟁은 내가 도태되지 않게 할뿐더러 기분 좋은 자극이 되어준다고 확신한다. 나를 위해서도 또 사회를 위해서도 경쟁은 필수적인 것이다. 주위를 둘러보면 무역 사업을 꿈꾸는 친구들이 종종 보인다. 하지만 현재는 과거와는 또 시장이 다르다. 순수한 무역으로 돈 벌 때가 지난 것이다.

늘 새로운 상품을 개발하고 신박한 판매 방법을 찾아내지 않으면 돈을 벌기가 무척 어렵다. 바뀐 환경에 빠르게 적응하고, 틈새시장을 찾는 게 중요하다. 가진 것 하나 없던 내가 기회의 땅, 미국에 와서 사업가로 인정을 받기까지, 세계 정상과 어깨를 나란히 하기까지 물론 우여곡절도 있었다. 그러나 인조 가발, 장어, 버섯, 프레임 등 내게는 때에 맞춰 틈새를 발견할 수 있는 안목이 있었고 주변에서 기회를 주는 귀한 인연들이 있었다. 때에 맞춰 내게 찾아와준 모든 것들에 깊은 감사를 느낀다. 덕분에 나는 기회의 땅, 미국에서 사업가로서 입지를 다질 수 있었고, 더 많은 이들에게 나눔을 베풀 수 있었다.

성공의 씨앗을 내 안에 심어라

트럼프 대통령과의 만남

To Dong Koo
Best Wishes,

부시 대통령과의 만남

# 성공의 환원
# 기부의 시작

　내가 어린 시절을 보냈던 시기는 한국 근현대사에서 가장 어려우면서 고단했던 때였다. 하지만 그 시기에 누군가가 내게 베푼 친절, 희생, 그리고 배려가 나의 인생을 이루었고, 평생 잊지 못할 소중한 나눔의 가치를 배울 수 있었다.

　초등학교 2학년 피란 시절, 내게 큰 사랑을 알려주셨던 담임 선생님의 모습이 바로 그러하다. 당신의 도시락을 내게 내어주시던 모습, 학생들을 애정 어린 눈빛으로 살피고, 또 귀하게 생각하는 마음이 아직도 내게 선연하게 남아있다. 더 나아가 피란 길에서 얼굴도 이름도 모르고 지내던 사람들이 내게 베풀어주었던 식량과 잠자리가 평생 감사함으로 남았다. 그 온정을 마음에 깊이 간직하며 나 또한 나중에 베풀며 살아야겠다는 생각을 했던 것이다.

　배고픈 피란민이었던 내가 정신없이 도전과 실패, 성공을 반복하며 열심히 돈을 벌었다. 본격적으로 사업이 안정화되며 1996년부터는 'DKKIM KOREA FOUNDATION'이라는 자선단체를 만들었다. 선생님을 통해 배웠던 나눔을 더 큰 세상에서 나누고자 하는 마음을 직접 실천할 수 있게 되어 기쁘다. 이후 여러 분야의 교육에 최대한 투자를 하기 시작하였고 지금도 그 프로젝트는 진행 중이다.

나눔은 누군가의 마음속에서 씨앗을 뿌려 더 깊고 단단하게 자라나는 것을 믿는다. 내 안에 사랑과 나눔, 그리고 성공의 씨앗을 심었던 것처럼 나의 이 마음이 누군가에게 가 닿기를 바라는 마음 간절하다.

# 교육 기부
### - U.C. Berkeley 학생들의 꿈을 틔우다

첫 번째 기부 사업은 역시나 교육이었다. 당시 내가 다니던 교회를 통해 중국 연변에 직업학교를 지을 계획을 세웠다. 한국계 중국인에게 미용, 이발, 농작물 재배 등 아주 간단한 기술을 가르쳐 졸업 즉시 직장을 가질 수 있도록 하는 계획이었다. 길림성 대학의 총장님과 협의하여 부지 안에 짓기로 협약을 하고 돈을 보냈다. 건물 착공을 하고, 잘 마무리한 뒤 학생을 모집할 생각으로 들떠 있었는데, 갑자기 생각지도 못한 소식이 들려왔다.

중국 정부에서 외국인은 중국 교육에 참여할 수가 없다는 것이었다. 내가 하려는것은 정규 교육과정도 아닌 단기 프로그램이었을 뿐 아니라 해당 학교의 총장으로부터 허가까지 받았는데, 아무 소용이 없었다. 단지 위의 명령을 따라야 하니 답답할 노릇이었다.

더욱이 황당한 것은 학교를 지을 수 없다면 학교를 지을 몫으

성공의 씨앗을 내 안에 심어라

로 보낸 돈은 당연히 내게 보내주어야 할 텐데, 그 또한 이루어지지 않았다. 자세히 알아보니 공사를 하다 중간에 남은 돈을 학교 학생 머릿수대로 골고루 나누어준 것이었다. 돈을 보낸 사람의 허락도 없이 이러한 일을 한다는 것이 어처구니가 없었다.

하지만 내가 취할 수 있는 조치는 없었다. 이렇게 하여 1차 자선 계획은 원하던 대로 이루어지지 않았다. 이 경험을 통해 자선을 하려고 해도, 철저한 계획과 조사가 바탕이 되어야 함을 깨달았다. 좋은 일에 쓰는 돈이니, 더욱 체계적이고 전문적인 준비가 바탕이 되어야 한다는 생각이 들었다.

그 뒤 좀 더 안전하고 확실한 결과를 얻을 수 있는 곳을 찾았다. 자세히 찾아보던 중 U.C. Berkeley HASS School MBA와 기회가 닿았다. 이곳은 다양한 분야에서 수많은 인재를 배출해올 정도로 인정받은 교육의 장이기도 했다. 성장하는 청년들의 꿈에 나의 지원이 도움이 된다면 그 자체로도 기쁨이 될 것 같았다.

나는 U.C. Berkeley HASS School MBA의 외국인 학생에게 장학금 지급을 하기로 하고 근 20년간 지속해왔다. 특히 당시는 미국과 개발도상국 간의 경제 격차가 클 때였다. 학비 때문에 제대로 꿈을 펼치지 못하는 학생이 있어선 안 되겠다는 생각이 들었다.

이후 1997년부터 1년에 약 2~6명씩 오랜 기간을 두고 일정 금액을 지원하며 그들을 후원했다. 지금까지 약 40명의 졸업생을 배출했는데, 내가 사업에 여유가 있을 때나 없을 때나 마음에서 우러나와 기꺼이 도우려고 했다. 이렇게 공부한 학생들은 자국으로 돌아가 훌륭한 인물이 되었다는 소식이 종종 들려온다.

특히 첫 장학생이 케냐로 돌아가 공업대학교를 세웠다고 하는데, 그 소식을 들었을 때 마음이 뭉클해졌다. 기계과랑 전자공학과 두 개밖에 없는 작은 학교임에도 자국에서 최고의 대학으로 발돋움했다는 것에 더욱 놀라고 기뻤다.

내가 심은 교육의 씨앗이 또 다른 누구의 가슴에 남아 나눔으로 영향을 끼치는 것 같았다. 이를 통해 교육이야말로 세상이 더 좋은 방향으로 갈 수 있도록 하는 확실한 투자임을 배웠다. 교육만이 생활 수준을 빨리 올릴 수 있는 직선 코스이자 지름길이며 가장 많은 사람들한테 영향을 줄 수 있는 길임을 믿었다.

동시에 U.C. Berkeley HASS School MBA에 현대 시설을 갖춘 큼직한 강의실을 마련하는 데도 기부했다. 현재도 잘 운영되고 있다고 하니 마음이 뿌듯하다. 당시의 기준으로는 꽤 첨단 강의실이었다. 교수가 강의하면 싱가포르, 네덜란드 등 어느 곳에서든 교수의 강의를 들을 수 있는 기능이 있었다. 강의실을 갖추는 데 5년에 걸쳐 75만 달러가 들었고, 최근 새로 업그레이드를 하는 데 또 50만 달러가 들어갔다. 하지만 나는 실제로 들어간 금액대보다 학생들이 좋은 환경에서 공부할 수 있다는 것에 더 큰 의미를 둔다. 강의실에 대한 만족도가 높고 운영 역시 잘 되고 있으니 참 다행스럽다.

실제로 나의 두 아들 모두 U.C. Berkeley를 졸업했지만, 이 기부에는 어떠한 검은 의도도 없었다. 아들들이 모두 졸업한 뒤에 활발하게 진행한 기부였으니 말이다. 난 순전히 교육을 위한 나눔에 앞장서고 싶었다.

6·25 전쟁 이후 가족을 잃고, 어렵게 공부했던 때가 내게도 분명 있었다. 하지만 우리나라를 부강하게 만들겠다는 의지와 나눔을 실천하겠다는 마음으로 달려와 1000만달러 이상의 사재(私財)로 운영하는 디케이킴재단의 회장이 되어 이렇게 기부 사업을 시작할 수 있게 되었다. 이는 첫 시작일 뿐이었으며 이후로도 꾸준히 다양한 분야의 기부 사업을 진행해왔다.

버클리와의 인연

UC Berkeley HASS 경영 대학원 건립 증서, 강의실 사진

성공의 씨앗을 내 안에 심어라

# USC 약학대학에
# 디케이킴 센터를 세우다

　디케이킴(DKKIM)재단을 설립하고 난 뒤 어떠한 외부의 지원 없이 다양한 교육 지원을 꾸준히 해왔다. 처음에는 분명 시행착오가 있었으나 일련의 과정을 통해 정말 필요한 곳에 도움의 손길을 제공할 수 있어서 감사하게 생각한다.

　그중 나는 전 세계 소외된 지역의 삶의 질을 개선하기 위해 어떠한 노력을 해야 할지에 대해 깊이 생각하기 시작했다. 이후 USC 약학대학과 협력해 2017년부터 'DKKIM INTERNATIONAL CENTER'를 설립해 운영해오기 시작했다. 이 센터는 복잡한 국제 규제 환경을 탐색할 수 있는 지식과 전문성을 갖춘 인재를 양성하기 위한 교육 및 연구 기관의 목적으로 설립되었다. 또한 새로운 연구와 데이터를 바탕으로 한 기관 지원이 핵심이다.

　자세히 살펴보면 총 네 개의 방향성으로 운영이 되는데, 먼저 1) 봉사 활동 측면을 살펴볼 수 있다. 특히 전 세계 인구의 건강과 지속 가능성을 개선하기 위해 소외된 지역 사회로의 투자를 아끼지 않았다. DKKIM INTERNATIONAL CENTER가 국제 봉사 활동을 위한 관리센터로서 기능하게끔 하는 것이다.

센터는 UN에서 주창하는 지속 가능한 개발 목표 설계에 맞추었다. 특히 개발도상국에서의 주택 및 인프라를 구축하고, 커뮤니케이션 및 교육 등을 통해 그들의 자생력을 길러주고자 했다. 단순히 물질만 전달하는 것이 아닌, 스스로 글로벌 시대에 고립되지 않는 힘을 길러주는 데 그 목적을 둔 것이다.

그리고 2) 연구 측면에서 역시 꽤나 많은 노력을 기울였다. 이 센터에서는 전 세계 규제, 품질 및 임상 프로그램을 평가하고, 제품 안전성 및 효능을 뒷받침하는 증거 수집을 위한 새로운 도구 및 기술을 사용한다. 특히 규제 대상 의료 기기를 동반으로 진단하고 개발하는 연구를 꾸준히 해오고 있다.

세 번째 방향은 바로 3) 역량 강화이다. 규제 경험과 지식을 넓히고자 하는 학생을 위한 지원을 아끼지 않으려 했다. 한국, 중국, 인도, 브라질 및 대만의 대학을 포함한 전 세계 학술 파트너의 50명 이상의 학생을 USC로 초청, 그들에게 규제 과학, 윤리 및 글로벌 보건 문제에 대해 가르친다. 다양한 연구 심포지엄 기회를 제공해 그들이 신약 개발 및 임상 연구 분야에서 경력을 쌓을 수 있는 기회를 주는 것이다.

네 번째 방향은 4) 상담으로 센터에서는 새로운 보조금을 통해 교수진, 잠재력이 있는 제품을 보유한 신생 기업 및 복잡한 글로

성공의 씨앗을 내 안에 심어라

벌 규제 환경을 탐색하는 데 도움이 필요한 모든 이들에게 전문 지식과 조언 및 서비스를 제공해 왔다. 학부 및 대학원생은 실제 의약품 및 장치 규제 기관에서 경력을 쌓거나, 협력 프로젝트에 도전할 수 있다. 다양한 학습 기회를 제공하며 안목을 넓힐 기회를 제공하는 것이다.

USC 약대 기부 증서

USC와 연계해 이러한 센터를 운영하는 것은 전 세계적으로 지속 가능한 건강 개선은 물론이고, 국제적으로 소외된 지역의 자생력을 키워주기 위함이었다. 학생들, 잠재력이 있는 기업 및 연구자들에게 더 큰 세상이 있음을 분명히 알려주고 세계적으로 함께 성장할 수 있도록 돕는 일은 참 뿌듯하고 기쁜 일이다.

개인적으로 나 역시 한국전쟁의 참화를 겪으며 다른 난민들과 함께 임시 선교 학교에서 교육을 받은 적이 있다. 이때 타인이 내게 베푼 희생과 온정, 그리고 배려는 내게 큰 영향이 되어주었으며, 이후 꾸준히 성장할 수 있는 원동력이 되었다. 이 센터를 통해 다음 세대가 훈련, 교육, 근면, 봉사 등을 학습할 수 있도록 돕고 싶다. 이후 다른 사람들을 돕는 사랑의 횃불을 높이 들 수 있도록 만드는 데 그 목적이 있다.

# 사랑의 실천,
## 한양대학교 기부와 명예박사 학위

　디케이킴재단을 설립하고 지원할 학교를 알아보던 중 한양대
학교의 이영무 총장을 만나게 되었다. 국내 굴지의 교육기관인
이곳에 직접 가 여러 교수님의 이야기를 들으며 이분들이 진짜
교육자라는 생각이 들어 참 놀랍기도 하고 고맙기도 했다. 그렇
게 학교 현장을 둘러보고 나가다 역사관에서 설립자이신 故 김연
준 박사님의 설립 정신이 담긴 현판을 보게 되었다. 그곳에는 '사
랑의 실천'이 적혀 있었다. 내가 일평생 꿈꾸고, 또 나누길 원했
던 마음이 모두 담겨 있는 것 같았다. 이곳이 바로 내 생각을 실
천해줄 곳이라는 확신이 들었고, 이후 기부를 결심했다. 한양대
의 설립 정신이 이 사회에 널리 퍼져 나가기를 바라는 마음도 있
었다.

　2018년 8월, 한양대에 10억원 기부를 통해 저개발 국가의 발
전을 이끌어낼 수 있는 글로벌 리더를 양성하고, 한양대에 재학

중인 유학생을 지원하기로 결정했다. 이후 한양대와 협력하여 할 수 있는 여러 대외지원사업 등을 모색하며 재학생들에게 기회를 주기 위해 애써왔다.

내가 한국 학생들을 바라보았을 때, 공부를 정말 열심히 하고 또 어디에 내놓아도 뒤지지 않는다고 생각했기 때문이다. 좋은 교육 인프라를 제공해 그들이 찬란한 미래를 꽃피울 수 있도록 돕고 싶었다. 개개인이 지닌 비전과 잠재력을 펼쳐 나갈 수 있도록 기부를 했고, 감사하게도 10월 한양대 명예 경영학박사 학위를 받았다.

나는 청년들이 세계 속에서 본인이 가진 능력을 극대화하기를 바란다. 원대한 희망을 가지되, 처음부터 큰 성공을 이루어내겠다고 생각하기보다 작은 성공을 되풀이하는 데 집중하라고 전하고 싶다. 이 과정 속에 분명 자신감과 확신을 얻을 수 있을테니 말이다. 나는 청소년들은 우리의 미래이기 때문에 이들에게 투자하는 것이 무엇보다 중요하다고 믿는다. 앞으로도 그들의 푸른 미래를 위해 아낌없이 투자하고, 또 애쓸 것이다.

성공의 씨앗을 내 안에 심어라

한양대와의 인연

# 기부 대상,
# 캄보디아로 발을 넓히다.

당시 내가 다니던 교회에서 열심히 목회 활동을 하던 박 전도사가 캄보디아를 가기로 되어 있었다. 박 전도사는 페루에서 활동하다 캄보디아 쪽으로 전도 발령이 난 상태였다. 당시 교회에서는 전도사를 파견할 때 일정 금액이 마련되어야 하는데 할당된 금액으로는 한없이 부족했다. 90년대 초반이었던 당시, 마련된 금액으로는 한 가족이 먹고살 수도, 전도하기도 팍팍했기 때문이었다.

이렇게 해서는 본업인 교육도, 전도사업도 제대로 할 수가 없을 것 같아 현지 교회의 기본 시설과 운영비를 내가 부담하기로 했다. 동시에 박 전도사는 자기의 본 임무에만 전념하기로 한 뒤 캄보디아로 떠나게 되었다.

박 전도사는 캄보디아 각지에서 목사님 자녀들 60명을 캄보디아 전역에서 모아서 교육관 전도를 시작하였다. 그저 글을 깨우쳐 주는 수준이 아니라 정규 중학교의 전 과정을 가르쳤고, 특히 영어와 한국어를 추가했다. 거기에 목회자를 기르기 위한 성경 과목까지 포함하여 새벽부터 하루 종일 공부를 가르쳤다.

캄보디아에 머무는 목회자 자녀들이 일류 중, 고교 학생보다 월등히 좋은 실력에 이르도록 열심히 교육사업에 전념한 것이다. 결과적으로 현지 학교에서 언어와 성경에 능통한 학생들을 배출하기 시작하였다. 제한적인 환경과 상황이었음에도 교육에 대한 열정으로 아이들에게 가능성을 심어준 것 같아 박 전도사가 무척이나 자랑스러웠다. 이후 박 전도사가 운영하는 작은 규모의 학교가 캄보디아의 정식 교육학교로 인가를 받게 되었다.

이 과정을 위해 물심양면 지원을 해왔는데, 그 금액이 옳은 곳에 쓰인 것 같아 무척 자랑스럽고 기뻤다. 이후 학교가 잘되어 더 큰 규모로 옮겨야 하는 상황이 되었다. 나는 제대로 된 교육기관을 만들고 싶었다. 그런데 그 과정에서 문제가 생겼다. 박 전도사의 목적은 목회자를 길러내는 것이었고, 나는 교육을 위한 일반 학교를 생각했던 것이다.

당시 나는 일반 학교를 세워서 학생을 받고 그 학교 안에 박 전도사가 원하는 목회자를 키울 프로그램을 동시에 운영하면 어떻겠느냐고 제안을 했다. 그녀는 생각해보겠다고 하더니 3개월 뒤 자신의 목표와 맞지 않는다며 거절했다. 이후 이런저런 상황과 의견 차이로 인해, 초기의 학교에 지원할 수 없는 상황에 이르렀다.

내가 지원한 금액만으로 교육사업을 하길 바랐는데, 여러 업체가 조율하게 되며 상황이 복잡하게 된 것이었다. 여러 단체가 끼게 되면, 그에 상응하는 실적을 만들어 증빙하고, 또 제출하는 번거로운 작업이 들어오기 마련이다. 본래의 목적인 교육에서 자연스레 멀어질 수밖에 없고 학생들이 소외될 수밖에 없다.

이후 교육기관의 방향성에 대한 견해 차이로 인해 해당 단체에 대한 지원은 멈출 수밖에 없었다. 하지만 기존에 구입했던 책상과 컴퓨터 등의 기물은 그대로 학교에 주기로 하였다. 장기계약으로 인한 잔여 임대료 역시 지급했다. 학생들을 위한 마음과 교육에 대한 확고한 철학, 신념 때문이었다.

이후 새로운 마음으로 내가 원래 세웠던 목적을 달성하기 위해 움직였다. 캄보디아 정부와 학교 설립에 대하여 논의한 뒤 캄보디아 제2의 도시인 시하누크빌 한복판에 고등학교를 재건축하기로 결정했다. 15헥트알 정도의 아주 큰 규모였다. 현재 있는 학교를 재건축해 주는 조건으로 정부로부터 그 땅을 무료로 할당받아 제대로 된 학교를 지을 준비를 시작했다.

이후 문교부장관을 비롯해 주지사 등 많은 관료와 선생님들 그리고 약 1,500명의 학생들이 모두 참석한 준공식과 개교행사를 진행했다. 주요 인사들과 함께 크고 넓은 테이프를 자르는 것으로 행사가 시작되었다. 가장 인상적이었던 것은 운동장 한가운데에 높은 타워를 만들어놓고, DKKIM FOUNDATION의 비문을 써넣은 것이었다. 어려운 환경의 학생들에게 배움의 기회를 제공해 더 큰 꿈을 꾸도록 하기 위함이었다. 어려서부터 꿈이 선생님이었던 내가 또 다른 지역에서 학생들의 꿈을 꾸는 공간을 마련해준다는 것이 감개무량했다. 모두가 잘사는 좋은 사회가 되도록 기꺼이 내가 가진 재산과 교육에 대한 가치를 나누고 싶은 마음에서부터 이 모든 사업이 시작되었다.

그 후 나는 내가 원래 계획했던 학교를 짓기 위하여 거의 2년에 걸쳐 건물의 설계, 조경, 새로운 커리큘럼 등의 준비를 맞춰나갔다. 모든 준비를 맞추어 실행을 하려고 현지에 갔는데 너무나 뜻밖의 상황을 마주할 수밖에 없었다. 학교 정문에 들어서서 제일 처음 마주한 것이 타워 위에 쓰인 한 군 장성의 이름이었다.

DKKIM FOUNDATION의 흔적은 그 어느 곳에서도 보이지 않았다. 정부에서 임대 허가를 받은 기관은 50년이었는데 어떻게 그 짧은 시간 내에 이런 일이 발생할 수 있는지 의아했다. 장기적으로 진행하여야 할 이 프로젝트를 정부에서 이렇게 처리한다는 데서 큰 실망감과 함께 의구심을 가질 수밖에 없었다.

그날은 아무것도 진행하지 않고 호텔로 가서 여러 가지 고민을 했다. 캄보디아에서 교육사업을 계속해야 할지에 대한 여러 생각이 교차하고 있었기 때문이었다. 이틀간 프놈펜에 더 묵으며 다음과 같은 결정을 내렸다. 이전에 진행했던 학교 설립 계획과 맞닿아 떨어지는 지점이 있었기 때문이었다.

2008년 천주교 예수회에서는 한 학교 설립 계획을 세운 적이 있었다. 스놀이라는 곳인데 그 학교 건립 기금을 스페인 천주교에서 대기로 되어 있었다. 그런데 짓다가 금융위기 사태가 발생하는 바람에 돈을 제 기간에 지불하지 못했다. 당시 마무리를 못 짓고 있는 학교가 있어서 나머지 돈을 내가 지불하여 완성한 적이 있었다. 학생이 600명 정도 되는 규모였다.

그때의 일을 계기로 인연을 맺게 된 천주교와 협력해서 시하누크빌에 계획했던 학교 사업을 합작해 하기로 했다. 천주교 사업은 보통 교황청 허가가 필수적이다. 캄보디아 천주교 예수회와 협의하여 사업계획서를 작성하기 시작했다. 이후 교황청에 제출하고 2개월이 조금 지나 연락이 왔는데 승인이 불가하다는 것이었다. 만일 사업의 목적이 교황청의 방침과 맞는다면 승인이 가능하다는 통보를 받았다. 교황청의 방침은 빈곤층의 자녀교육에 있었고, 당시 나의 목적은 영재교육이었기 때문에 차이가 있을 수밖에 없었다.

당시 캄보디아는 빈곤국이므로 이미 세계 여러 나라에서 빈곤층의 교육을 돕는 자선기구가 많이 들어와 있었다. 이런 상황에서 나는 오히려 영재를 길러 나라의 장래 지도층을 육성하는 것이 더 효과적이라 생각했던 것이다. 하지만 교황청에서는 자기들의 방침과 맞지 않는다는 이유로 거절을 했다. 어쩔 수 없이 어렵사리 생각해내 실행한 이 합작 사업은 거두어들여야 했고, 새로운 계획을 세워야 했다.

모든 것이 계획대로 될 것으로 생각하고 이미 교육사업에 필요한 자금까지 마련해둔 상태였다. 캄보디아에서 초기 교육사업을 시작할 때는 여러 시행착오가 있었지만 그럼에도 교육사업을 접어선 안 되겠다는 판단이 들었다. 또 다른 사업의 일환으로 대학생들의 장학금 지급으로 그 범위를 넓혔다. 현지에 관리 사무실을 열고 캄보디아 전국 모든 대학으로부터 장학금 신청을 받아서 심사하고 면접해 150~160명 정도를 선정, 등록금 전액을 지급해 주는 사업을 시작했다. 11년간 약 1,600명의 대학생에게 등록금을 지원하는 사업을 진행해 왔다.

캄보디아 학교 건립 관련 훈센 총리와의 인연

캄보디아 학교 건립은 당시 캄보디아의 총리, 문교부 장관, 시아누크빌 주지사 등 현존하는 최고 관직자들이 총동원된 국가 중요 사업이었다.

이를 기념하기 위해 캄보디아의 훈센 총리 관저에 초대받기도 하였으며, 현재도 이 학교는 정부에 이양되어 잘 운영되고 있다.

이후에도 캄보디아 국립의과대학인 University of Health Science 와도 협약을 맺어 저소득층 의과대학생 장학금 지원 및 의과대학 전문인력양성을 위한 교육 지원, 재활성형학과 설립에 협조하기로 결정했다. 어려운 환경으로 인해 꿈을 포기하는 학생들이 생기지 않기를 바라는 마음으로, 우리가 사는 사회를 더 아름답고 건강하게 가꿔나가기 위한 방향으로 그렇게 꾸준히 교육 지원 사업을 해왔다.

# 콜롬비아,
# 경제 원조 모델을 만들기 위한 노력

오래 전부터 나는 경제적, 사회적으로 자립하기 어려운 국가에 대한 관심이 많았다. 나 역시 빈곤한 나라에서 태어나 끔찍한 전쟁을 겪어야 했기 때문이었다. 하루 세 끼를 먹기 어려웠던 시절, 끓어오르는 투지와 근면으로 가난에서 벗어날 수 있었다. 그 과정을 겪으며 나는 성실성과 교육이 있다면 누구나 부자가 될 수 있다고 믿게 되었다. 그리고 내가 아는 성공의 과정을 누구에게나 나누어 함께 잘 사는 나라를 만들고 싶었다.

그렇게 생각하던 중 내가 콜롬비아와 인연을 맺게 된 것은 약 6년 전부터다. 동네에 사는 USC 대학 약학대 교수님 덕분이었는데, 그 교수의 남편이 의사였기 때문이었다. 그는 헌팅턴병을 연구하는 과학자였다. 헌팅턴병은 근친결혼으로 생긴 유전병으로 손과 발, 얼굴, 몸통에 있는 불수의근의 점진적인 변화를 가리킨다. 그는 특히 콜롬비아에서 그 병이 많이 발병한다는 것을 알려주었고, 언젠가 내게 콜롬비아에 한번 가자고 말했다.

콜롬비아의 작은 마을에 직접 가보니 생활환경이나 수준이 말로 표현할 수 없을 정도로 열악했다. 바닥은 엉망진창이었고 부엌도 화장실도 따로 없었던 것이다. 지저분한 환경에서 콜롬비아 사람들은 제대로 몸을 가누는 것조차 어려워했다. 환경적, 경제적으로 보장받지 못하니 교육환경은 더욱 열악했다.

당시 헌팅턴병은 유전병으로, 세계적으로도 잘 알려져 있지 않은 실정이었다. 세계 과학자들로부터도 관심 밖의 일이라 병의 원인과 치료에 대한 연구가 거의 없는 상태였다.

로마 교황은 이 사실을 안 뒤, 곳곳에 널리 알리고 많은 이들의 관심을 불러일으키기 위해 전 세계 과학자 400명과, 헌팅턴 환자 100명, 그리고 나를 포함한 협력자 약 25명을 베드로 성당에 VIP로 초청했다. 초청된 사람 한 명 한 명 모두를 만나 일일이 악수하고 포용하는 자비를 베푼 특별한 행사로, 전 세계 TV로도 생중계된 이력이 있다.

이처럼 헌팅턴병은 종교적으로도, 세계적으로도 꼭 극복해야 할 질병이자 관심의 대상이 되어왔다. 나 역시 이를 위한 새로운 흐름을 만들기 위해 골똘히 고민했다.

들끓어 오르는 마음을 억누른 채, 이 사람들을 어떻게 좀 도와줄 방법은 없을까 생각했다. 하지만 한정된 재화를 무조건 다 줄 수는 없는 노릇이었다.

헌팅턴병 논의를 위해 성사된 당시 로마 교황과의 만남

기부금을 가장 효과적으로 쓸 수 있는 방법은 무엇일까 고민하다 보니 토지를 활용해 버는 방법을 생각하게 되었다. 저개발 국가에 가면 어디든지 개발이 되지 않은 빈 땅이 많기 때문이었다. 내가 무조건적으로 물질적 원조를 하는 것보다는 '경제 원조 모델'을 개발하는 것이 중요하겠다는 생각이 들었다.

일명 가난한 마을이 경제적으로 자립할 수 있는 시스템. 나라 안의 헌팅턴병(신경 퇴행성 유전 질환) 집성촌은 실제 콜롬비아 정부에서도 손대기 어려운 마을이었다. 이들이 불편한 몸으로도 경제활동을 지속해 자립할 수 있는 힘을 키워주고 싶었다. 그래서 본인들이 가진 것을 최대한 활용하여 경제적인 이익을 얻을 수 있는 방법을 모색하게 되었다.

내가 항상 간직하고 있는 신념 중 이런 말이 있다. '땅과 물 그리고 태양이 있는곳이면 이 자원을 인간의 의지와 노력으로 배합하면 세상에 필요한 모든 것을 얻을 수 있다'라는 것이다. 그래서 나는 무슨 일이든 책임을 전가하거나 핑계 대는 사람은 존경하지 않는다.

이를 위해 구체적으로 USC에 100만 달러를 기부했다. 일명 콜롬비아 프로그램을 운영하기로 한 것이다. 지난 4년간 콜롬비아에 정지 작업을 해왔다. 정지 작업은 수목을 식재 목적에 맞도록 줄기와 가지의 생장을 조절하는 것이다. 쉽게 말해 줄기나 잎의 일부를 잘라내는 작업을 말한다. 콜롬비아 자체 내에서 스스로 수목, 토지 자원을 활용해 경제활동을 할 수 있도록 여러 기반을 마련해두는 것이다.

거기에 더해 헌팅턴병의 영향을 받는 현지 사람들을 위한 기존 주택 개선 프로젝트를 진행했다. 장애인을 위한 커뮤니티 센터 건설, 노숙자 헌팅턴병 환자를 위한 호스피스 개발 등의 다양한 프로젝트를 진행해오고 있다.

나의 최종 목표는 저개발국 빈민가에 '꿈의 동산'이란 이름의 자립 마을을 건설하는 것이다. 콜롬비아는 이 프로젝트의 시작점이기도 하다. 누구나 희망을 갖고 최선의 노력을 하면 잘 살 수 있다는 표본 마을, 경제 원조 모델을 건설하고 싶다. 실천할 의지만 있으면 빈곤은 분명 퇴치할 수 있다. 누구나 가지고 있는 자원, 그리고 나의 땀과 노력을 잘 배합하면 우리가 필요한 모든 것을 생산할 수 있는 것이다. 나는 곳곳에 희망의 씨앗을 심는 일을 멈추지 않을 것이다. 그 씨앗으로 도움을 받은 누군가가 또 다음 세대를 짊어지고 나갈 것을 굳게 믿는다.

# 성공 법칙 1
## - 여섯 가지 태도

이제 와서 내가 자서전을 써야겠다고 생각한 목적은 딱 두 가지였다. 하나는 내가 어떤 환경에서 어떻게 지금의 위치까지 올수 있었는지에 대한 실제 경험을 나누고 싶은 마음이 있었다. 그리고 이 경험을 수많은 청년들이 간접 경험함으로써 상황을 탓하지 않기를 바랐다. 물론 타이밍에 맞게 주어진 상황, 운도 있었겠지만 나는 누구나 인정할 만큼 열정적으로 노력했다. 가난은 결코 퇴치할 수 없는 흉물이 아니다. 오히려 결핍을 성장의 원동력으로 삼고 잘 가꾸어 나간다면 훨씬 윤택하고 아름다운 삶을 이룩할 수 있을 것이라 단언한다. 후세가 내 이야기를 듣고 자신감과 효능감을 얻기를 바랐다.

두 번째 이유는 나눔의 가치를 더 많은 이에게 전하기 위함이다. 세상 사람 누구나 돈을 벌고 싶어 한다. 하지만 그 방법에 대해서는 잘 알지 못한다. 나는 무조건 돈만 따르기보다는 세상을

성공의 씨앗을 내 안에 심어라

더 살기 좋은 곳으로 만들기 위한 원대한 목표를 세우고, 제 안에 성공의 씨앗을 심으라고 말하고 싶다. 우선, 내가 생각하는 성공이 무엇인지 나의 씨앗을 확정지어야 한다.

처음에 씨앗을 심을 때와 거둘 때를 비교해보자. 텅 빈 밭에 벼를 심으면 쌀이 나고, 콩을 심으면 콩이 나지 않는가. 다시 말해 사람은 성격, 능력, 환경, 기술 등 누구나 다른 자본을 갖고 있으며 그 양도 가지각색이다. 그러니 자기에게 맞는 성공의 양이나 질(씨앗)을 정해야 성공을 할 수 있다.

씨앗이 확정됐으면 온갖 정성과 노력을 다해 가꾸어야 한다. 같은 씨를 심어도 가꾸는 사람의 정성에 따라 수확량에서 천지 차이가 나듯, 어떻게 가꾸느냐가 어떻게 얼마나 성공하는지를 결정짓는 것이다.

최대의 수확을 거두기 위해서는 다음과 같은 태도를 지녀야 한다. 지금까지 나의 경험을 바탕으로 한 여섯 가지 성공의 태도를 정리해보았다. 첫째, 감사하는 마음은 늘 온몸과 머리에 가득 차 있어야 한다. 감사는 행복의 씨앗이며 제조기며 보물섬과도 같다. 알다시피 행복은 돈 주고 살 수 없는 영역이기 때문이다. 성경에 있는 '모든 일에 감사하라'라는 구절이 기독교의 원론적인 가르침이기도 하다.

내게 주어진 것들에 대해 감사하는 마음을 갖게 되면 세상이 아름답게 보이고 그러면 마음이 안정되고 즐거워지니 모든 일이 원활하게 풀어지는 것이 가능하다. 만일 부모 탓, 상황 탓만 하고 비난을 한다면 현 상황에서 나아질 가능성은 희박하다.

'젠장 감사할 일이 있어야 감사하지…. 남들은 부모 잘 만나 이 런저런 것을 물려받았으니까 감사하다고 하겠지만 나야 빈 양재 기 하나 물려받지 못했는데'

'자기네들은 배부르고 등 따뜻하니 감사할 일이겠지만 나야 이 렇게 어려운 환경 속에서 사는데 뭐 그리 매일 감사할 게 있단 말 이냐'

혹자는 이렇게 생각할 수도 있다. 그러나 이건 정말 큰 착각이 다. 진정한 의미로 감사하는 마음을 갖게 되면 내 마음이 마냥 편 해지고 모든 상황을 긍정적으로 생각하게 된다. 이렇게 되면 내 가 하는 모든 일이 잘 추진될 수밖에 없다. 크고 작은 이런 태도 가 계속되면 만사가 형통하게 되는 것이다.

한국 사람들은 일반적으로 감사란 말에 대단히 인색하다. 아 마 오랜 유교사상으로 인해 '황공합니다', '망극합니다'라는 식으 로 최대한 격식을 차리다 보니 감사하다는 말은 상감마마 같은 대단한 분에게만 독점되는 언어처럼 돼 버린 것이 아닌지 모르겠 다. 그런데 서양, 특히 미국 사람들을 지켜봤을 때는 정말 흔하게 상대에게 감사의 표현을 쓰곤 한다. 기꺼이 자신의 마음을 내보 이고, 주변을 기쁘게 하는 표현인 것이 분명하다. 이러한 긍정적 인 태도 때문인지 미국은 우리보다 훨씬 더 빨리 경제적 안정을 이룩할 수 있었다.

둘째, 단순히 일을 수단으로 생각하기보다 진정으로 그 과정을

성공의 씨앗을 내 안에 심어라

즐겨야 한다. 남을 위한 마음이 수반되면 더욱 좋다. 물론 어려운 일인 줄은 안다. 하지만 직장을 다니는 사람들이 단순히 월급을 받기 위해 일한다고 생각하면 얼마나 그 시간이 힘들고 괴로울까? 비능률적으로 일하는 건 자명하다. 시간을 보내는 것에만 목적이 있다면 결국 이런 사람은 진급도 안 되고 월급도 많이 오르지 않을 것이다. 악순환은 반복된다.

같은 직장에서 똑같은 일을 하더라도 급여나 직책에 연연해하지 말고 최대의 노력을 해서 되도록이면 많은 사람들에게 편의를 도모해 주고 이익을 줄 수 있게 해야 한다. 기왕에 같은 시간과 노력을 해서 일을 해야 한다면 즐거운 마음으로 다녀보는 건 어떨까? 그 일에 대한 결과가 자연스레 소득으로 돌아올 것이다. 마치 농부가 씨앗을 잘 가꾸는 것과 같이 말이다.

셋째, 아무리 돈을 많이 벌고 싶고 필요하다 하더라도 절대로 무작위로 돈을 좇지 말아야 한다. 만일 돈만이 주목적이 되면 참으로 위험하다. 복권, 사기, 도둑, 강도, 뇌물 등 도의적인 책임에서 벗어나 막무가내로 행동할 수밖에 없기 때문이다. 지금까지의 경험상 나는 돈보다 상대를 위한 일을 했을 때 확실한 성공이 보장되었다. 특히 남에게 덕이 되고 편리함이나 즐거움을 주는 일을 창조해 내면 그 정도에 따라서 돈은 따라오게 마련이었다.

사업 아이템을 생각할 때도 늘 어떻게 하면 남들을 기쁘게 편하게 즐겁게 해줄 수 있는지 그 방법을 고안했다. 그런 진실된 모습이 거래처에도 통해 꾸준히 일감이 이어지고, 사업은 성장할 수 있었다. 결국 자신이 하는 일에 진정성을 갖고 꾸준히 노력한다면 자연스레 보상은 따라오게 될 것이다.

넷째, 내 마음을 할 수 있는 한 크게 열어야 한다. 마음을 협소하게 갖는다면 더 큰 보상과 사람, 복이 들어오려다가도 막힐 수밖에 없다. 나의 울타리를 더 높게 쌓아 올려 방어적인 태도를 취한다면 새로운 영감이나 기술, 사람과 재물이 그 앞에서 가로막힐 수밖에 없다. 늘 내 마음의 문은 열어두어야 한다. 여기에 더 나아가 내가 아는 것이 있으면 혼자 간직하려고 꼭 붙잡고 있지 말고 되도록 많은 이들에게 가르쳐주어야 한다.

많이 알려줄수록 내게 배가 되어 돌아온다. 요즘은 많은 직장인들이 처음에 임무를 받게 되면 대개는 동료나 심지어 상사에게까지 꽁꽁 숨기고 그 비법을 내어주지 않으려 한다. 별것도 아닌데 일 처리 하는 방법을 자신의 비밀인 양 고이 간직하는 것이다. 이는 정말 어리석은 사람들의 행위다. 누구나 알겠지만 물은 가둬두면 썩어서 종국에는 쓸모가 없어져 버린다. 내가 가진 지식이나 방법, 때로는 재산까지도 가능하다면 모두 나누어야 한다. 그러면 그것이 나가서 더 커져서 나에게 돌아올 것이니 말이다.

그래서인지 최근에는 자신이 다양한 플랫폼을 통해 부자가 될 수 있었던 방법을 알려주려는 사람들이 많아진 것 같다. 이들은 단순히 자신의 성공 비법을 나눠 주는 데만 그 목적이 있는 게 아니다. 자신을 찾는 이들을 늘리고, 또 다른 기회의 장을 마련하는 것이다. 개인의 브랜드를 성장시키려는 장기적인 관점으로 투자

성공의 씨앗을 내 안에 심어라

하는 것. 이것이 그들이 지닌 똑똑한 성공 전략이다.

다섯째, 신용을 쌓아야 한다. 신용을 쌓는 것은 하루아침에 되는 것이 아니다. 물론 혼자 하는 것이 아니라 상대가 있어야 하고 그것도 일대 일이 아니라 일대 백, 일대 천 등 많으면 많을수록 좋은 것이다. 노력도 그에 걸맞게 열 배가 아니라 백 배 천 배의 노력과 진실성이 있어야 한다. 과거 내가 포토 앨범을 수출할 시기, 우연치 않게 생긴 이익을 나눌지에 대한 고민이 깊었다. 하지만 나는 그들과 이익을 나누어 갖고 신용을 쌓는 편을 택했다. 그렇게 쌓게 된 신용으로 나는 그들과 장기적인 관계를 형성할 수 있었고, 더 큰 이익을 얻을 수 있었다. 예전에 실제로 한 음식점의 흥망성쇠를 지켜본 적이 있었다.

동네에 새로 개업한 음식점은 초반에 음식 맛도 맛이지만 정성이 남들과 분명 달랐다. 그래서 얼마 되지 않아 사람들이 많이 찾는 유명한 집이 될 수 있었다. 하지만 그 인기에 눈이 멀어 어느 순간부터 정성과 친절도 사라지고, 음식 재료도 저렴한 것으로 바뀌기 시작했다. 진심은 외면하고 더 큰 이익만을 좇으려 한 것이다. 결국 얼마 되지 않아 그 음식점은 폐업했다. 주인은 갑작스레 떨어진 손님과 바뀐 상황에 원망의 화살을 돌렸지만, 사실 실패의 원인은 모두 주인에게 있었다.

주려는 생각은 없고 받으려는 생각만 가득 찼으니 보는 사람들도 자연히 그 마음을 알 것이었다. 신용은 하루아침에 얻을 수도 잃을 수도 있으니 늘 주위를 살피며 상대를 위한 마음을 지녀야 한다.

여섯째, 마지막으로 나누는 마음을 가져야 한다. 앞서 말한 나눔은 내 것을 계속 늘리고 새롭게 하기 위한 수단으로서의 나눔을 일컬었다. 하지만 이곳에서 말하는 나눔은 내 주머니에 들어온 것을 다시 꺼내주라는 것을 의미한다. 내가 가진 것을 남에게 나누어 주어야 남들도 나에게 줄 마음이 생기기 때문이다. 이것은 꼭 돈만을 이야기하는 것이 아니다. 아무리 가난한 사람도 아무리 못난 사람도 마음만 먹으면 남에게 나누어 줄 것이 반드시 있다. 성공이나 부는 돌고 도는 것이기 때문이다.

성공의 원리는 간단하다. 세상이 나에게 무엇을 주기를 기다리지 말고 내가 세상에 무엇을 줄 것인지를 생각해야 한다. 나만을 위한 경제활동은 세상에 존재하지 않는다. 돈과 명예 직위 등 많은 사람들이 갈망하고 존경하는 것을 이루는 것도 성공이지만 남을 편하고 즐겁게 하는 것 역시 진정한 성공일 수 있으니 말이다. 코미디언이나 가수가 자신만을 위해 프로그램을 만들고 작곡을 했다면 과연 진정한 의미의 성공이라고 볼 수 있을까? 아마도 관중을 마음껏 기쁘게 했기 때문에 돈과 명예 모두를 갖게 되었을 것이라 생각한다. 세상은 나 홀로 존재할 수 없다. 다른 사람들과 함께 어우러져 가는 것이 이치니, 늘 그것을 마음속에 가지고 있어야 넓은 시야로 세상을 볼 수 있다.

성공의 씨앗을 내 안에 심어라

수출 사업 시기

# 성공 법칙 2
## - 돈과 기회

　돈을 벌고 싶다면 기회는 누구에게나 온다. 단 어떤 이에겐 그 기회가 눈에 보이고 어떤 이에겐 그 기회가 눈에 보이지 않는다는 차이가 있을 뿐이다. 개통한 지 얼마 되지 않은 경부고속도로를 달릴 때 양쪽의 창가를 내다보니 시야에 들어오는 모든 것이 돈으로 보인 적이 있다.

　내 손에 닿은 모든 것들을 주워 모으기만 하면 될 것만 같았다. 현실은 팔이 짧아 닿지 않으니 실제로 그것들을 내 것으로 다 취하지 못할 것 같았다. 볏짚 논두렁의 쑥, 여기저기 자란 비름나물, 초가집 담장 뒤의 언덕이나 물을 대지 않은 논에는 냉이와 달래 쑥 곤드레나물 등이 있었다.

　모르는 사람에게는 이것이 모두 잡초에 불과하지만 나물인 것을 알고 노력과 정성을 들여 캐고 걷으면 돈이 된다. 기회가 눈에 보이면 주저하지 말고 당장 잡아야 한다. 기회는 누구에게나 오지만 모든 사람이 잡는 것은 아니다. 눈을 크게 뜨고 기회를 잡은 자의 몫일 뿐이다. 기회를 성공의 씨앗으로 만들기 위해선 다음 사항을 명심해야 한다.

▶ 내가 절대 양보할 수 없는 목표를 설정해야 한다. 어떤 어려움에 직면하더라도 포기하지 않을 목표가 있어야 한다.

▶ 내 주머니를 채우는 일에 신경 쓰지 말고 어떻게 남을 더 편하게 그리고 행복하게 해줄 수 있을까에 모든 노력을 해야 한다.

▶ 목표는 항상 내 능력의 120% 높이로 정해야 한다. 그리고 일차 목표가 80% 달성되면 다음 목표를 정하되 새로운 120%로 설정해야 한다.

▶ 시간을 최대한 늘려서 써야 한다. 오늘 일을 내일로 미루지 말고 내일 일을 오늘 당겨서 해야 한다. 그러면 내가 살아 있는 기간을 연장하는 것과 같은 결과를 얻게 될 수 있다.

▶ 정직하게 큰길을 가야 한다. 사잇길이 빠른 것 같아도 곧고 넓은 길을 가야 항상 빠르게 목표에 도달할 수 있다.

▶ 실패를 두려워하지 말아야 한다. 실패가 성공의 거름이 됨을 마음속에 깊이 간직해야 한다. 그렇다고 일부러 실패를 하라는 건 절대 아니다. 단지 실패도 성공을 하는 과정 가운데 하나임을 알면 된다.

이처럼 세상을 나의 그릇에 담으려 하지 말고 내가 세상의 그릇에 담기도록 해야 한다. 위에서 설명한 나의 태도는 모두 실제 경험에서 우러나온 조언이다. 나 역시 수출 사업을 해오며 부단히 많은 실패와 도전을 반복해왔다. 하지만 신조로 삼았던 기본적인 태도가 있었기에 중심을 잃지 않고 앞으로 나아갈 수 있었다.

만일 내가 빠르게 돈을 버는 방법만 궁리했다면 오히려 큰 부를 쌓을 수 없었을 것이다. 근면 성실하게 시간을 최대한 늘려 쓰고, 정직하게 기회를 찾아다녔기에 극심한 빈곤과 허기에서 탈출할 수 있었다.

이에 50대 후반이 되어서는 다소 여유가 생기기 시작하였고, 60대 초반이 되어서는 나의 남은 시간과 재산을 이웃을 돕고 사회를 건설하는 데 쓸 수 있었다. 누구에게나 돈을 벌 수 있는 기회는 주어지니 정직하게 큰길을 걸어갈 것을 추천하고 싶다.

33년간 닦아온 수출의 길

성공의 씨앗을 내 안에 심어라

# 성공 법칙 3
## - 나는 어떤 사람인가

사람마다 일을 하는 방법이 다 다르다. 만일 내가 어떤 사람인가를 먼저 파악한다면 앞으로의 삶의 방향과 발전에 큰 도움이 될 것이다. 먼저 다음과 같이 유형을 정리해보자.

▶ 끌고 가는 사람- 항상 도전적이고 자기가 하는 일에 자신감과 책임감으로 인해 추진력을 유지할 수 있는 사람. 무엇이든 긍정적으로 생각하기 때문에 기회가 많이 주어지며 성공할 가능성이 큼

▶ 실려 가는 사람- 눈치가 빠르고 머리는 좋지만, 책임감이 결여된 사람. '좋은 게 좋은 거다'라고 생각하며 사는 이로 이런 사람은 편히 살 수는 있어도 자기 주도적인 면모가 부족해 큰 성공을 하기는 힘듦

▶ 끌려가는 사람- 모든 일에 자신감이 없고 책임을 지지 않으려는 사람. 항상 부정적인 시야로 세상을 보기 때문에

기회가 주어지기 어려운 사람. 이들은 늘 세상이 불공평하고 자신에게 가혹하다는 생각을 하기에 성공하기가 힘듦

나는 내 인생에 실려 가는 사람이었는지, 끌려가는 사람은 아니었는지를 판단할 필요가 있다. 만일 내가 끌고 가는 사람이 아니었다면 지금부터라도 바뀌려 노력해야 한다. 남은 미래가 달라질 수 있으니 말이다. 위험이 없는 곳에는 성공도 없다. 실패를 무서워할 대상으로 삼지 말고 새로운 성공의 밑거름으로 활용해야 한다. 실패가 없는 곳에는 성공도 없으니 말이다.

실제로 하버드 대학의 학생들 자살률이 상당히 높다는 연구 결과가 나온 적이 있다. 그토록 좋은 대학에 다니는 머리가 좋은 사람들이 왜 스스로 목숨을 끊는 것일까. 내가 감히 추측하기론 너무 장래를 걱정해 미리 겁을 먹기 때문이다. 해보지도 않았는데도 부정적인 생각을 하면서 성공보다 실패를 먼저 생각하는 것이다. 성공한다는 보장이 100%라는 일은 그 어느 곳에도 없다.

특히나 미래는 아직 오지 않은 시점이기 때문에 무섭고 불안할 수밖에 없다. 하지만 나 역시 사업을 진행할 때 무모할 만큼 희박한 가능성에 베팅을 했고, 그 결과를 온전히 받아들였다. 내가 바꿀 수 있는 건 결과가 아닌 과정이었다. 최선을 다해 노력했고, 쉴 새 없이 뛰어다녔다. 그 결과로 모든 상황을 바꿀 수 있었다.

또 다른 이유는 세상을 부정적으로 생각하기 때문이다. 최고만 모아놓은 사회 속에서 상대와 나를 비교하고 스스로를 깎아내린다면 우울해지는 것은 당연하다. 누군가 내게 성공은 어디에

성공의 씨앗을 내 안에 심어라

서 출발하느냐고 묻는다면, 나는 내 스스로에 대한 확신이 차 있을 때 반은 먹고 들어간다고 답해주고 싶다. 세상을 긍정적으로 보는 사람은 언제 어디에서나 밝게 빛난다. 자연스레 그들에게 시선이, 기회가 한 번이라도 더 주어지고 성공할 가능성이 압도적으로 높아진다.

# 성공 법칙 4
## - 시간과 목표 관리는 금이다

　누구에게나 시간은 공평하게 주어진다. 하지만 같은 자원이라
도 역시 늘려 쓰는 방법이 있으니 다음의 법칙을 기억하면 된다.

▸ 과거는 뒤돌아보지 말고 참고로 삼아야 한다.
▸ 현재는 나의 목적을 실천하는 행동 기간이다.
▸ 미래는 필연적으로 돌아올 현재며 내가 하는 일의 생산성
　을 극대화하기 위해 미래를 더 멀리 보아야 한다.

　아무도 미래를 미리 보고 갈 수는 없지만 스스로의 목표가 뚜
렷하면 어느 정도는 예측이 가능하다. 동시에 그 예측의 정확도
를 극대화하기 위해서는 오늘 일을 내일로 미루지 말고 내일 일
을 오늘로 당기는 것을 습관화해야 한다. 시간을 효율적으로 쓰
는 것이 가능할 것이다.

　또한 목표 관리 역시 성공을 위한 기본 자세다. 시작을 했으면
목적지까지 가야 한다. 도중에 많은 장애물이 나올 수 있지만 이

　　　　　　　　　　　　　　성공의 씨앗을 내 안에 심어라

것을 그저 목적지까지 안전하게 도착시키기 위한 방향 표지판 정도로 생각하면 좋다.

그렇다면 목표는 어떻게 세워야 할까?

▶ 매일의 우선순위 계획을 2, 3가지 정도 세워 둔다.

▶ 날마다 이것에 대한 피드백 및 성과 측정을 스스로 하며 체크한다.

▶ 한 달 단위, 더 나아가 1년간의 장기 계획을 세워둔다.

단기 목표를 세운 뒤, 하루씩 달성해나가는 것을 우선해야 한다. 작은 성공이 계속되면 우리는 자연스레 나 스스로 무언가를 할 수 있다는 자아효능감을 갖게 된다. 그 뒤 굵직한 장기 목표를 세워 발전적인 형태로 삶을 만들어나가는 것을 목표로 삼아야 한다. 나 역시 수출 사업을 하며 시간 관리가 생명이었기 때문에 분 단위, 시간 단위로 쪼개어 철저한 계획을 세웠다.

특히 나는 평소 모든 계획을 120%로 잡는다. 만일 8시간 일을 해야 끝나는 일이면 2시간 더해 10시간을 일해왔다. 마감 시간도 당겨 잡는 편이다. 그러면 생산 속도도 자연스레 빨라지고 중간에 실수가 생겨도 결코 마감 기한을 넘기지 않을 수 있다.

거래처와의 약속 기한에 맞추기 위해 여러 국가를 동분서주했고, 최고의 품질을 제공하기 위해 여러 업체와의 비교 분석을 진행했다. 시장의 섭리는 당연했다. 내가 안주하는 동안 새로운 경쟁자는 또 등장할 것이기 때문이었다. 하나의 목표가 달성된다고 해도 또 다른 단기, 장기 목표를 세워나갔기에 흔들리지 않고 꾸준히 성장할 수 있었다.

　매사 고국에 대한 마음, 직무에 정진하는 마음을 잊지 않으려 노력했다. 동시에 긍정적인 결과가 자연스레 따라왔다. 1987년 수출의 날, 당시 대통령으로부터 표창장을 받았고, 이후 내가 하는 일에 대한 믿음과 자부심이 더욱 커졌다. 수출 산업을 통해 국가에 이바지한다는 점이 무척 뿌듯하며 뭉클했다.

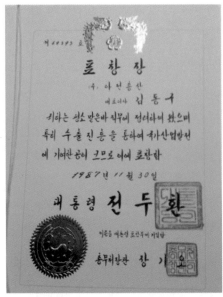

1987년 수출의 날 표창증서

　　　　　　　　　　　　　성공의 씨앗을 내 안에 심어라

# 성공 법칙 5
## – 직업에 대한 마음가짐

　직업은 각자 자기 위치에서 주어진 목적을 달성하기 위한 최선의 경기장이다. 소득 또는 월급은 경기에서 금, 은, 동 메달을 따는 것과 같이 각자의 성과에 따라 주어지는 가치 평가이자 보상이라고 볼 수 있다. 하지만 직업을 단순히 생활의 수단으로 본다면 결코 행복한 삶을 살 수 없다. 그 시간을 지루하고 따분하게만 여기기 때문에 자연스레 결과가 좋지 않을 수밖에 없다.

　나는 성공을 하기 위한 법칙 다섯 번째로, 직업에 대한 마음가짐을 말하고 싶다. 일에 대한 자부심, 그리고 진실로 그 일을 즐길 수 있어야 자연스레 최고의 보상이 따라온다. 동시에 마음의 평화나 행복감, 성취감을 얻을 수 있는 것이다. 내가 만일 사업을 그저 돈을 벌기 위한 도구로만 생각했다면 나는 이 분야에서 확실한 자리매김을 할 수 없었을 것이다.

　나는 누군가를 위해 필요한 물건을 생산하고, 편리함을 주는 게 무엇보다 즐거웠다. 또한 다양한 국가들의 사업 형태와 상품을 보며 우리나라에서도 그만한 물건을 만들 수 있다는 확신이 들었다. 'MADE IN KOREA' 로고가 박힌 상품이 세계 시장에서 우뚝 설 때의 그 희열이란 이루 말할 수 없었다. 나는 내가 하는 일이 정말 세상을 편리하고 아름답게 바꾸어 나가는 일이라는 확신이 들었다.

그 신념으로 한순간도 안주하지 않고 꾸준히 발전해올 수 있었다. 돈은 적으나 많으나 잠시 관리를 맡고 있다는 생각이었을 뿐, 진정한 의미의 가치 추구는 나눔이었다. 누구나 더 큰 상위 체계의 가치에 목적을 둔다면 더욱 건강하게 자신의 일을 지속할 수 있다.

실제로 나는 아이들에게도 어려서부터 몇 가지 교육을 해왔다. 중학생 시절부터 용돈을 월별로 몰아서 주고 스스로 관리할 수 있는 훈련을 하였고, 앞으로 내가 돈을 더 벌더라도 교육비 정도만 감당할 뿐 더 이상의 투자는 바라지 말라고 이야기했다. 감사하게도 그들은 나의 가르침을 응당 받아들이고, 자립심 있게 삶을 꾸려나갔다.

생각해보면 나는 늘 바쁜 아버지였던 것 같다. 남들이 모두 놀러 가는 여름 휴가철에도 일에 몰두해 그들과 시간을 보낸 적이 적었으니 말이다. 가족끼리 노는 시간에도 그들은 휴양지에 보내두고 나는 일에 골몰하다가, 돌아올 때가 되면 호텔에 밀린 돈을 지불하고 귀가하는 일들도 적지 않았다. 즉, 휴가는 없고 귀가만 있었던 것이다.

이런 아버지가 서운할 수도 있을 텐데도 아이들은 고맙게도 불평 한마디 없었다. 오히려 이런 나의 모습을 보고 진지하게 자신의 직업을 선택했고, 그 귀함을 알았다. 실제로 이 교육 덕분에 아이들에게 자립심을 심어줄 수 있었고, 각자의 삶에서 직업의 의미가 깊게 자리잡을 수 있었다. 덕분에 첫째는 부동산 개발 사업을, 둘째는 조지 타운 법대를 졸업해 미 공군에 법무관으로 입대했다. 이후 JAG member가 되어 현재 중령으로 근무 중이다. 가족은 어렵고 힘든 상황에서도 내가 꿋꿋하게 지탱하는 힘이 되어준다. 그들이 내 곁에 있음에 감사하다.

늘 힘이 되어주는 가족

# 무한한 세계를 꿈의 무대로

천석꾼 집 넷째 아들로 태어난 나는 한국전쟁, 해방 등을 겪으며 수많은 고난을 마주해야 했다. 피란 중 5km씩을 걸어 학교에 가던 일, 밤낮으로 먹을 것을 구하느라 돌아다니던 일, 점심때 도시락이 없어 운동장에 몰래 나가던 일. 그동안 받아온 장아찌 도시락이 선생님이 주신 것임을 깨닫고 엉엉 울던 일 등. 더위와 추위를 온전히 다 받아내던 시절이 아직도 생생하다.

가난과 허기를 이겨내기 위해 땀 흘려 도전한 결과, 현재 나눔을 베풀 수 있는 위치가 되었다. 한국, 미국, 캄보디아, 콜롬비아, 베트남 등 세계 각국에 나눔의 씨앗을 심으며 새로운 가치를 실현하고 있다. 처음에는 내게도 미국이 감히 범접하기도 어려울 정도의 꿈의 무대였던 때가 있었다. 하지만 아무런 기반과 자본이 없을 때조차도 스스로에 대한 확신과 믿음만으로 무모한 도전을 강행했고, 성공이라고 부르는 것에 가까이 다가갈 수 있었다.

성공의 씨앗을 내 안에 심어라

아무리 취업 불안과 상대적 박탈감, 주거 문제 등이 도사리고 있는 현 시대라고는 하지만, 나는 분명 희망이 있다고 본다. 더욱이 한국 청년들에게 그들이 가진 능력과 장점에 집중하라고 권하고 싶다. 지금은 한국 5,000년 역사 중 가장 좋은 기회의 시기이다. 좁은 땅에서 한정된 자원을 나누어 갖기 위해 분개하기보다 무한한 세계를 꿈의 무대로 삼아야 한다.

한국인 특유의 명석한 두뇌와 타고난 성실함, 빠른 일처리 능력은 세계에서도 분명 두각을 나타낼 수 있기 때문이다. 이를 위해 매년 디케이킴한국재단에서는 미국 글로벌리더십캠프를 주최해 한국의 청년들에게 넓은 세계를 보여주고, 벤처 기업들의 기업가 정신, 경영과 혁신 등을 학습할 수 있게 돕는다. 내가 지원하는 작은 기회의 문이 그들에게 닿아, 세계를 향한 열린 마음과 도전정신을 함양시킬 수 있기를 바란다.

책을 쓰기로 결심한 이후 지나온 삶을 다시 찬찬히 걸어가 보았다. 치열하게 달려왔던 삶의 조각을 마주하니 때론 민망하기도, 때론 그 당시처럼 가슴이 뛰기도, 행복하기도 했다. 목이 말라 더없는 갈증을 느꼈던 순간에서조차 나는 꿈에 대한 희망을 잃지 않았다. 그 덕분에 달리는 일을 멈추지 않을 수 있었다. 거센 비바람과 때때로 찾아오던 가뭄에도 씨를 뿌리는 일을 멈추지 않았다. 결과를 예측할 수는 없으나, 땀을 흘리는 것은 분명 배신하지 않을 것이란 믿음이 있었기 때문이다. 그것이 농부, 어쩌면 사업가의 마음이다. 겨우내 심어놓은 과실을 수확하는 농부의 마음은 더없이 충만하고 즐겁다.

이젠 내가 천석꾼의 마음이 되어 먼저 걸어간 길을 아낌없이 나누고자 한다. 애써 만들어놓은 밭이랑에 청년들이 꿈의 씨앗을 심을 수 있도록 기꺼이 돕고 싶다. 청년들의 밝은 얼굴을 볼 때마다 내 안에서 홧홧한 믿음이 다시 타오른다. 세계를 꿈의 무대로 삼는 자, 분명 성공할 수 있으리라 확신한다.

성공의 씨앗을 내 안에 심어라

# 성공의 씨앗을 내 안에 심어라

발행일　　2023년 11월 22일

지은이　　김동구
펴낸이　　손형국
펴낸곳　　(주)북랩
편집인　　선일영　　　　　　　　　　　　편집　　윤용민, 배진용, 김부경, 김다빈
디자인　　이현수, 김민하, 임진형, 안유경　제작　　박기성, 구성우, 이창영, 배상진
마케팅　　김회란, 박진관
출판등록　2004. 12. 1(제2012-000051호)
주소　　　서울특별시 금천구 가산디지털 1로 168, 우림라이온스밸리 B동 B113~114호, C동 B101호
홈페이지　www.book.co.kr
전화번호　(02)2026-5777　　　　　　　　팩스　　(02)3159-9637

ISBN　　　979-11-93499-28-3　03810　　　979-11-93499-29-0　05810

**(주)북랩** 성공출판의 파트너
북랩 홈페이지와 패밀리 사이트에서 다양한 출판 솔루션을 만나 보세요!
**홈페이지** book.co.kr　•　**블로그** blog.naver.com/essaybook　•　**출판문의** book@book.co.kr

**작가 연락처 문의 ▸ ask.book.co.kr**
작가 연락처는 개인정보이므로 북랩에서 알려드릴 수 없습니다.